ロベール・デスノス

Robert Desnos

エロティシズム

DE L'ÉROTISME

Considéré dans ses manifestations écrites et du point de vue de l'esprit moderne

松本完治 訳

MMXXI KYÔTO Éditions IRÈNE

エロティシズム

ROBERT DESNOS

DE L'ÉROTISME

Considéré dans ses manifestations écrites et du point de vue de l'esprit moderne

---

précédé de

Voici venir l'amour du fin fond des ténèbres

par

Annie Le Brun

1923年、本書執筆当時のロベール・デスノス

目次

序文

闇の底から愛が来たれり*1

アニー・ル・ブラン

もちろん、ここに見事な「ロベール・デスノスの声[*2]」があります。その声は、最も単純な言葉で、私たちを己れの闇から連れ戻し続けます。しかし、その前にロベール・デスノスの目があるのです。私たちに日々の狂おしさを見せてくれるために、海に押し流された彼の空の目、雲を沈ませる彼の目、大海原を漂流する彼の目があるのです。私たちの運命を形づくる慄《おのの》くような果てしない賭けを、私たちにはっきり示すような、極めて身近で衝撃的な、心をまさに打ち震わせる、そんな光を私たちはこれまで一度も目にしてこなかったのでしょうか。

その光は子供時代から来るのでしょうか、いずれにせよ誰もがそこに自らの内なる何かを感じることでしょう。ロベール・デスノスが『今世紀のある子どもの告白[*3]』で思い出しているように、「寄木張りの床が荒波そっくりに見えてしまう[1]」子供時代、最高に美しい船が「ワックスをかけたオーク材の海に」難破する子供時代。さらに、世紀の変わり目、深淵に星が散りばめられるように、サン＝メリ通りと一九〇〇年が交差する地点[*4]で、愛や罪、反抗、情熱あるいは争闘にざわめくパリの夜の喧噪を耳にしながら過ごした子供時代。孤独な遊びのなかで、「夢と現実、欲望と所有、未来と過去[2]」が混ざり合うようなすべてがエロスに染め抜かれる究極の子供時代。

「海辺の砂浜に捨てられた本が、自ずと欲していたページを開いていく[3]」瞬間から旅が始まるのです。それ以外に道はあり得ないでしょう。ロベール・デスノスが読んだり、書いたり、愛したりしたこと、そんな彼の影がこの「欲していたページ」以外の場所に刻まれることは決してありません。そこでは、驚くべき素晴らしいことが、極めて自然に、エロティックな感情と混ざり合うのです。ときめきにも似た驚異がそこにあるのです。

断固たる確信をもって、ロベール・デスノスはまさに恐るべき千里眼の力を持っていました。むしろこれは「二重の生」から切り離せない二重の眼差しの力と言うべきでしょう。「人はここで静かに私が存在していると思っているが、私はまた別の場所、誰も知らない、心を揺さぶる領域にも存在しているのだ」[4]。こうした根本的な適確さをもって、「私は二重に生きていると言った。[…] あれやこれやが現実に私に起こる、同時に現実以外の他の場所でも私に起こる以上、何が問題だというのだろうか。[…] この値打ちでしか私は生

1　「今世紀のある子どもの告白」、『ニュー・ヘブリデス諸島及びその他テクスト』所収、ガリマール刊、一九七八年版、二三六頁
2　再掲、二三七頁
3　再掲、二三八頁
4　再掲、二三九頁

きられない。私は子供の頃からこの特権的能力を持っていたのだ」[1]。そう、それは《夜の夢》に現れたものを、驚異に直面するまで、覚醒状態で追求することによる、物事の核心に触れる特権的能力なのです。愛の積荷の中へ初めて乗り込み、無限の尺度を維持するために決して積荷を降ろさずに激しく動いている、そんな宇宙全体が旅の一部となるのに、これ以上何が必要というのでしょうか。

視点の変化というよりも、だいぶん後になって人々が気づくような決定的な裏返しの一つが生じているのです。つまり、サドが閨房に哲学を置いたことを、今日でさえ人々が本当に気づいていないのと同様に、ロベール・デスノスがひたすらエロティックな観点からすべてを考えるように導く激しい恋情による急進主義なるものを、人々が本当に理解しているのかどうか、私にはわかりません。それが彼らを互いに近づけるのです。同じ判定をするにせよ、同じ効果が生じるわけではありません。しかし私は本題に戻ろうと思います、なぜならロベール・デスノスは、自分にとって重要だと考えることについて曖昧さの余地を残していないからです。「愛がどれほど私の欲望を駆り立てるのか分からない。その欲望は情熱的であるがゆえに合法なのだ」[2]。これは本質的な告白です。つまり愛という想念は、欲望より先に存在する、もしくはそれを無限に高揚させることまでをも目指しているのです。

考えてみると、世界は逆さまになっているか、あるいはむしろこの新しい地平線上では、無限に可逆的なのです。デスノスの人生の一秒たりとも、この絶対的な観点からいまだ考察されたことのない、この愛の探求と矛盾したことはないでしょう。それゆえ、空間と時間だけでなく、言語と思考の構造そのものを再構築しながら、すべてがこの新しい世界観に参加していくのです。「ロベール・デスノスの声」、ときめきに震え、心をかき乱すような、突如すべてに火を放ち燃焼する声までが聞こえてきます。

竜巻が僕の口の中で渦巻き
ハリケーンが可能な限り僕の唇を赤く染め
嵐が僕の足元で轟きわたり
台風が可能な限り僕をかき乱す
僕はサイクロンの狂おしいキスを受ける

1　再掲
2　再掲、二三八頁

――津波が僕の足元で死に絶える[1]……
　そして、あちこちで、心をかき乱す唯一の理由とはこれです。
――とても長い間求められてきた様々な愛　その愛が僕の中に避難してくる[2]
　まさしくその通りなのです。ロベール・デスノスは、自分から離れることのない緊張と引き換えに、生成の暴力を通して愛の複雑さと不安定さを伝えることができる、情熱的な愛の《霊媒》であることを自ら示しています。この探求に「肉体と幸福[*5]」を捧げる前でさえ、彼が初期詩篇の一つ「アルゴ船の勇士たち[*6]」の記憶を一九一九年から呼び起こしていることは、その探求の大きさを物語っています。なぜなら、デスノスが目を向けているのは、彼自身の物語――「僕は自分の中の嵐と絶望を心に秘めていた[3]」――をはるかに超えているからです。それは縦横に駆使された語句が敏感なジャングルの中へ分け入って導かれ、また予測不可能なときめきの光の中で、場所、偶然の巡り合わせ、身振り、光、声……など、いわゆる「官能的なものとして[4]」感動させるあらゆるものを発見させるがゆえに、本来のエロティックな分野をはるかに超えているのです。

そういうわけで、当時、デスノスが全く無意識のうちに、「名もなき街路が続く頭脳サーカスの街なかで」[*7]、目を閉じ、一人で前に進むために、「ロース・セラヴィ」の口述を始めたことに無関心ではいられません。それは私たちがこれまで一度もしたことがないやり方で言語をひっくり返し、今まで見たことがないものを私たちに見せるのです。伝説的な催眠実験の時期として有名な一九二二年から二三年の間、ロベール・デスノスは、マルセル・デュシャンによって意図的に考案されたものとは逆の形式で、欲望が常に逆の意味を帯びるようになるアフォリズムを口述しています。[*8]

意味の錯乱、感覚の錯乱、眼に見える限りの錯乱……「あなたはローズ・セラヴィが両類に火をつける狂人たちの賭けを知っていると思いますか？」[5] そう、たしかに、デスノス

1　デスノスの詩「ロベール・デスノスの声」より。詩集『肉体と幸福』、ガリマール・ポエジー叢書、二〇〇〇年刊、一〇六頁

2　再掲

3　「今世紀のある子どもの告白」、『ニュー・ヘブリデス諸島及びその他テクスト』所収、再掲、二四六頁

4　「エロティシズム」（↑映画論、本書とは別作品／訳者注）、『光と闇』所収、ガリマール、一九九二年刊、二九頁

5　「ローズ・セラヴィ」より。『肉体と幸福』所収、三五頁

を貫くあらゆるものの中で、この問いに対して、ローズはこれだけは知っていると答え得るし、デスノスはこうした驚くべき言葉を投げかけることで、彼女の生が賭けられていることを納得させるのです。そしてアンドレ・ブルトンはその意図を取り違えず、即座に次のことに《極度の重要性》を認めました。すなわち「私たちの最も確実な存在理由が賭けに付される時にこそ、私たちはそれを言葉遊びというのだ。もっとも、言葉はすでに遊ぶことをやめている。言葉は、愛を営んでいるのだ」[1]と。けれども、この言いまわしの美しさが、おそらく、ほとんどの場合、その後に続く言葉の錯乱を隠してしまい、特にデスノスによって引き起こされた、《明白な無秩序》が世界の完全なエロス化を示していたことを隠してしまったのです。

また、彼がその後の数ヶ月間に、少し異なった眩暈《めまい》によって運び去られた時、「通りすがりの美女たち」に向かって、「幻影の鏡」の中に捕らわれた「もぐりの亡命者」にも似た「同音異義語の愛人に同意」を請うのです。すなわち「あなたの現実とあなたのイメージとを混同せずに、木の実を旋回させ、根のない鋼鉄の木の周りで気まぐれに旋回する彼のイマジネーションをどのようにお望みですか?」[2]と。ここでの言葉はもはや、アンドレ・ブルトンによって言及された《エネルギーの創造者》だけではなくなっているようです。万華鏡の中で、絶えずエロス化が更新され、言葉全体が、ここでは粒子加速器に等しくなっており、未だ生じていないものを活性化させ、存在しない場所での交換を導きながら、まさしく「南十字星と北極星が踊り場の青い絨毯の上で衝突する時に」[3]、連鎖して変容《メタモルフォース》を誘発させるのです。そしてこの新しい天文学[4]は、方向を見失わせるものが今後は方向を定めるという地平で、すべてを変えてしまうのです。

まずはじめに、「大脳の庭の小道に花を咲かす樹木状の思考」[5]あるいは同様に「大脳の庭の砂漠に花を咲かす樹木状のもの」と、蒐集家ジャック・ドゥーセの要請により一九二三年六月から九月の間に書き上げられた非常に重大な論文『近代精神の観点から文芸作品を通じて考察されたエロティシズムについて』との間には、読者が察するように、いかなる断絶もない[*9]ということです。なぜなら、ロベール・デスノスが当書で、「愛と詩

1　アンドレ・ブルトン「皺のない言葉」より。『失われた足跡』所収
2　詩「オモニーム《L'Aumonyme》より。詩集『肉体と幸福』所収、五〇頁
3　再掲
4　この点については、エティエンヌ＝アラン・ユベール「デスノス／宇宙」、『二〇〇〇年のデスノス』、二〇〇〇年、ガリマール刊所収、二二〇～二三四頁を参照
5　詩「オモニーム」、詩集『肉体と幸福』所収、五〇頁

とは、人間存在とその付随するものに名称を与えるあらゆる特権を持っている」そして「卑俗な多数派に与しない人にとっては、誰しも言葉は蠟よりも柔軟性に富むものなのだ」と即座に主張しているように、間違いなくこれらの言葉は、彼が《辞書のない国》で発見した《皺のない言葉》の自由に関わっているのです。

これらの言葉は同様に、いわゆる自動記述《オートマティスム》から思考のなかへと魔法のように滑り込んでくる想像上のものへ向かった絶え間ない言葉の燦《きら》めきの賜物でもあります。「言葉を使いこなせる人にとっては、秘密の扉を守護する龍でさえこわばって扉を開けるので、どれほど堅固な要塞といえども、そこいらの風車小屋より突破しにくいということはない」。ここにおいても、彼の天才は、普遍的な変換装置のように、本能的に抒情《リリスム》を回復させ、各々の言葉に放射状の力を取り戻させています。

それゆえに、エロティックと見なされる作品群の歴史的な紹介を装いながら、デスノスはエロティックな分野の特殊性を定義するのではなく——それは決して彼の目的ではない——むしろエロティックな視座《パースペクティブ》が、どのようにそれを決定する力の特異性からのみ立ち現れるのかを私たちに確認させるのです。「いずれにせよ、時空の無限に心を奪われる人たちのなかで、その魂の秘密の部分で、この《エロティックな》道徳を構築しなかった者があるだろうか。ポエジーが気がかりでならず、遠く隔たった偶然の神秘を求めてやまぬ人たちのなかで、愛が絶対の内部で純粋にして淫蕩でもあるという、一種の魂の隠れ家に引きこもりたいと願わぬ者があるだろうか？」ここで初めて、欲望や詩、そして想像《イマジネール》を織り交ぜたものが一つの証《あか》しとして、もっと正確に言えば、エロティックな証《あか》しとして位置づけられているわけです。

さらに、物事を公平に見るためには、デスノスの無防備で敏感な知性が必要です。彼の純真さは、あらゆる物事に初めて接するかのような一種の無垢《イノサン》さによって、その精妙さを極めていきます。とりわけ彼は、他人になり代わって話したり、より真剣に、他人の視点に打ち勝とうとする陥穽を避け、「他人の魂を何らかの方法で表現しようとするには、かなりの自惚れがなければならない」と確信するのです。しかも同時に彼は、非常に普及したこの表現方法が本質を曇らせるのに一役買っていることを感じています。すなわち「エロティックとは、個々の学問である。各人が、自分に付随する問題を各々の尺度で解決していくものである。仲間うちで共通して意見の一致を見るのは、この問題が永遠に不可解であることを確認する時だけであり、しかも私たちはこの問題が存在することを飽きもせずに主張し続けるのである」。

エロティシズム、さらには愛について考えようとする大多数の連中とは逆に、デスノスは一切の見せかけを剥ぎ取り、それだけに一層素晴らしい識別能力を示しています。すなわち、エロティックな視座《パースペクティブ》を混同させ、想像上の幅広い観点を見失わせようとして立ち現れるものを峻別しているのです。「一般的に、軽薄な精神によるエロティシズムは、文学よりはるかに美や精神の慣例に従順である。これら凍った沼の表面では、橇《そり》はごく浅い溝と乏しい轍《わだち》しか残さない。錫めっきが十分塗られていない氷の表面はどんな映像も映し出さない……》。

このような視界を閉じるため、逆に屈折の力によってエロティシズムが驚異の源にならなければならない時、ここでは慣例と見せかけが敵として撃退されます。そしてデスノスは、サドと同様、感覚と表現がしのぎを削って伯仲することに特に魅せられているように見え、その伯仲が愛の事象を過度な輝かしさへと導いているのは驚くべきことです。

一方で彼はこう主張しています、「猥褻はエロティシズムに必要なものではない」。したがって、感覚のみに捕らわれた考察は充分ではないことが分かります、なぜなら「もしこの感覚というものを注意深く数えてみるなら、その数は十指を越えるだろう」からです。そうなると「あらゆる物質的な原因とは別に、根本的な五つか六つの感覚を作用させ得る私たちの脳髄機能は、いったい何番目の感覚なのか」を知ることが唯一の疑問となります。

こうした脳髄機能、すなわち感覚でないあらゆるものによって、私たちを無限の肉体的意識に近づけるまでに感覚が高められるという、こうした脳髄機能の作用こそが、デスノスにとって不可思議だったわけです。

それゆえにエロティシズムは、多数の種類の——社会的な、知的な、道徳的な、審美的な——順応主義の《凍った沼》からほど遠いところにあり、彼は遥かに広がる海原のような幾世紀にわたって探求を続け、そこにあるほんの数冊の本を見つけ出し、「私たちの肉体同様、精神にも愛を行使せしめる」権利を私たちに負わせるのです。あたかも「解放された道徳観念の百年間に続く、革命的精神の百年間」のように、デスノスにとって、これ以上重要なことはないこの権利は、人権宣言と同時に直ちに書き込まれる必要があったものです。

そして逆説的に、これこそが視線をさまよわせるぼんやりした傍観者に対して感銘を与え得る理由なのです。なぜなら、彼がこの分野で知られている中で何ら言及していない名前があるとすれば、ほとんどその名前に固執していないか、あるいは単に関心の欠如を強調しているわけであり、ボッカチオに関して言えば、「いわゆる快楽主義《エピキュリズム》」で「どこにも真実の感動が表出されていない」と断じており、ラブレーに関して言えば、「ポエジーや純粋思弁に驚くほど無関心な精神は、愛についてもほとんど理解できていない。それは坊主から還俗して医者になった男の魂そのものだ。うわべだけの不信心で弁解できるわけもなく、その野卑な笑い……」を保持する自由を有しているにすぎないとし、さらにラ・フォンテーヌに至っては、「常に我慢のならない晩餐後のエスプリ、忍び笑い、そして愛の力の完全な欠如……」として特徴づけています。

さらにここでも、デスノスは非常に自然なかたちで慣例に逆らっています、「私たちは、永遠の言語で表現され得なかった過去の人々の声に注目することはない」と。彼にとっては「己れのなかに性的宇宙を創造することを知っていた者」のみが重要なのです。サドのみならず、ポルトガルの尼僧、バッフォ、コデルロス・ド・ラクロ、同様にボードレール、ユイスマンス、ピエール・ルイス、アポリネール、それぞれが独自のやり方で、彼らは重大な「解決不能の問題」として愛の問題を認識する方法を知っていました。この問題は、数年後に彼が「すすんで認める」唯一の問題として、彼が絶えず直面すると言っていたものです、「その他の問題を提議するのは想像力を欠いた連中だけだ」[1]と。

デスノスにとって、サドこそは「初めて［…］感覚的で理知的な生命を基礎として、そこへ完全な性的生命を付与した」わけですから、サド以前と以後があるのはこの観点からなのです。全体を引用すべきまばゆい二ページがあるがゆえに、あらゆる解釈の不幸を招くサドの作品への理解が深まるわけです。たしかにこの「絶対に新しい宇宙」を前にして、デスノスが驚くべき率直さをもって、サドが「生きたいと願っていたであろう国」や「ヒロインたちの波乱に富んだ運命を、当事者として語っている」ことを洞察しているのは稀有なことです。実際に、これはサドへの最も正当なアプローチの一つなのです。理論的に還元される読書に必然的に背を向けると、デスノスはおとぎ話のようにそこへ入り込むのですが、「そこでは、愛も、淫蕩も、罪も、真剣に考えられている」のです。《黒いユーモア》が定式化される十年以上前に、彼は「定義がまだされておらず」、サドが「最初の代表者」となる「悲劇的なユーモア」をそこに発見していたわけです。

デスノスがサドに注目する必要があったのは、サドがその思考の幅広さと同時に高邁な視点を持った特別な天才であることを示すためでした。すなわちサドは「いかなる倒錯にも余すところなく正確な観察を残しており、その描写の一行たりとも低俗になったり、不適切になったりはしない」からです。というのも「サド以前のエロティックな文学者はこ

1　「喪には喪を」、デスノス著『自由か愛か！』所収、ガリマール版《イマジネール》叢書、一九六二年刊、一一三頁

とごとく、あざけるような冷笑や、癇に障る懐疑主義や、ぞっとするような卑猥さで《あのこと》を思い描いたのに対し、サドは愛とその行為を無限の観点から考察する」からです。そしてこのことが、根本的な新しさなのです。外側の生と内的な生を合致させる必要性から生じたものが、サドをして高貴なモラリストたらしめたのです。デスノスはこのことを結論づけてこう宣言しています、「今日においても、世間の連中はサドに対して遠慮なくわめき立てるが、道徳的法則と精神の自由の素晴らしい例示を好む人々によって、サドは永遠に称揚され続けるだろう。サドの生き方とその作品は、私たちが身をもって覚悟しなければならない、あの貴重な原理を明らかにする」と。

いつものように、デスノスは目を閉じて、かつてないほどサドと旅に出ます。けれども第一章の終わりから早くも、「絶えず難破しては」再び生き返るよう見事に設計された汽船「アムール（愛）」号が姿を現し、「堅牢な船首材をもって前進する」のです。

そう、それは欲望の獰猛さに立脚した想像上の祝宴の壮麗さにすべてを置いたサドが、決して耳にしたくなかった愛です。反対にデスノスは、欲望の暴力を一切拒否せず、肉体と幸福を危険にさらそうと自らを投げ出しているけれども、そこで欲望の犯罪性に立ち向かう如く、ひたすら愛を求めるという、すべてを賭けた愛です。その愛は、おそらく欲望そのものを超えたものであり、そこからあたかも汽船「アムール」号に繋がれた舫《もや》い綱をたちまちにして永遠に断ち切るという生得の確信から生じた執拗な想念なのです。『今世紀のある子どもの告白』に書かれていることを思い起こしてみましょう、「私が生きている孤独は、大いなる自然の孤独と融け合い、もはやそこにあるのは情熱の心象《イマージュ》だけなのだ」[1]。

　このような心象《イマージュ》は、この「大いなる自然の孤独」を非常に早くから自分のものにし、「愛の砂漠」から、レーモン・ルーセルの「疲れを知らぬ鹿を追う大いなる永遠の狩りをしている風景」[2]がよぎる「抒情的な牧草地」に至るまで、〝物狂おしい〟という至高の権利を持ち続けるのです。

　デスノスが『ポルトガル尼僧の手紙』という《肉欲の書》の中で、即座に認めたものは、まさにこの〝物狂おしい〟感情だったのです。そしてこれがサドにあっては天底にあったのを、デスノスは直ちに天頂にひっくり返し、エロティシズムに関する自分の論文で、サ

1　『今世紀のある子どもの告白』、再掲、二三七頁
2　「レーモン・ルーセル又は偶然と運命の状況」、『ニュー・ヘブリデス諸島及びその他テクスト』所収、再掲、一八八頁

ドにはない高波のような感情に結びつく悲劇的で抒情的な音階を対位法のように奏でるのです。そして文学史のある地点から別の地点へ、なぞるように移行することをやめ、この狙いの本当の規模を次のように開陳しています、「こうして運命は決したのである。すなわち、ヨーロッパの西はずれの未開の地で、出陣した名もなき傭兵との情事のなすがままに、最初の深遠な愛の作品が生み出されたのである。後に書かれたディドロやコデルロス・ラクロ、サド、コンスタン、そしてセナンクールの作品はすべて、この『ポルトガル尼僧の手紙』に見事な補足を付け加えたものだと見るべきであろう。この書簡集の影響は、密やかではあったが、確実なものだった。大革命に至るまで、この書は読者の心をひそかに蝕んでいき、愛の近代的な概念が、この書から直接啓示を受けたのである[1]」。

デスノスは、この書に内心深く達する確信を持っていたので、「サド侯爵が非常な喜びをもってこの書を読み、枕頭の書であったとしてもおかしくはないと十分考えられるのである」とさえ、好んで想像しています。この「打ち棄てられた女の筆になる哀切な感動」を与える書簡の中で、すべてが展開されているといっても過言ではなく、そこでは、「尼僧の垂れ頭巾が、喘いでいる胸元で打ち震えて」おり、サド侯爵の作品を構成する「近代精神を具現した最初の哲学的宣言」さえ見受けられないことはないとまで、彼は書いています。

確かに、同じ破滅の淵に広がる、ある種の情熱の威厳なるものが、この書から他の書へ伝播しています。このことに気づき、詩的な影響の規模を推し測れば、デスノスの裡で、所定のテクストが重大な省察に変化し、そこで初めて自由と愛とが見出されるのです。このことは数年後、デスノスは自分自身の報告で明らかにしていますが、永遠の「豪華な劇場」、すなわち、まさしくその地点から「自由と愛とが私の所有物となるために出会う[2]」わけです。

もちろん、デスノスが不躾に持ち出した、このような自由と愛との突き合わせは、大抵の詩人がそれを隠すためにあらゆる策を弄するわけですが、彼は自分自身の心の奥底に絶えずこの突き合わせを見出してやまなかったからです。彼の狂おしい情熱は、もちろん、自由か愛かのどちらかを選択することを拒否し、まさに「理由も目的もなく、この世の果てよりもはるかに遠く投射された生」の「崇高な飛翔[3]」をもたらすのです。そして三年後、

1　「エロティシズム」、『光と闇』所収、再掲、二九頁
2　『自由か愛か！』、再掲、六二頁
3　再掲

『自由か愛か！』では、一つの本にとどまらず、自由と愛との対立が取り乱された結果として、愛における自由を通して、愛の自由が探し求められているわけです。

なぜなら、他の男性――おそらく彼の友人の何人か――なら、そうした結果を回避しようと、より多様な思想的・審美的な媒介を利用するのですが、彼は孤独以外に頼ることなく、愛の再発見以外には目もくれず「移り動く地平をめざして手探りで進む」[1]危険を冒すからです。

これは何が起ころうとも、正面からぶつかる最も確実な方法であり、デスノスは常軌を逸した危険を背負い込みます。「あの嵐のさなかにあって風車の絶望的な仕草や、凧の悶えや、翼の勝手気ままな動きとは別様に振る舞おうとする連中、自らを無事港に行きつける舵手だと言い張る連中、疑惑が不安の同義語でないような連中、上品げな薄ら笑いをする連中！」

「行きつく先？　そんなものは風次第、嵐次第だ。風や嵐が薙ぎ倒す風景がいかなるものであれ、彼らの道は変更がきかず、あらかじめ筋道のきまったものではないか？」[2]

我を忘れ、破滅を求めるデスノスを止めるものなどありはしません。彼はテオドール・フランケルへの献辞[3]で主張しているように、「愛は、精神と物質の出会いの場所であり、双方が究極の自由を発揮し得る唯一の領域である」と確信しています。その結果、彼の夢に逆らうあらゆるものに見合った暴力が引き起こされます。こうして、嵐とか、野獣どもとか、ありそうもないキャラクターを結び合わせ、彼は、決してアポリネールを排除するものではない宇宙の残忍さの保証人のように、ごく自然に、サドやイジドール・デュカスを自分の側へ引き込みます。さらにデスノスは、アポリネールの作品の抒情的な離れ業から、物や存在に溺れさせる貴重なもの、そこへ欲望が飲み込まれ、まるで何も起こらなかったかのように、すぐにその貴重なものを手に入れることを学んだと、私は断言します。

「愛よ！　愛よ！〔…〕平凡な表現でお前を語ろう。なぜなら、まだ言葉もたどたどしく、性別もはっきりしない頃からずっと準備してきたあの驚くべき冒険を、平凡さこそは目の当たりに見せつけてくれるにちがいないのだから」[4]と彼は一九二四年に書いています。明らかに、彼がこのような日常での徹底的なエロス化に参加することに何ら障壁はありません。ここで詩的な暴力は、彼が近代性への糸口を探るなかで、エロティックな暴力を指向

1　再掲、一一四頁
2　再掲、六四頁
3　マリー＝クレール・デュマ著『ロベール・デスノスあるいは限界の探求』より。Klincksieck、一九八〇年刊、四五四頁
4　『喪には喪を』、再掲、一二二頁

しているのです。

そういうわけで、この論文の最後のアポリネールへのオマージュにおいて、彼はアポリネールがサドの作品に私たちを近づけてくれたこと、そして自分自身もそれに影響を受けたことに感謝を捧げています。『一万一千本の鞭』の主人公たちが「スカトロジスト、サディスト、マゾヒスト、オナニスト、男色家、鞭打愛好者として次々に姿を現す。なかんずく鞭打愛好者が際立っている！　いずれもが不潔でもなければ卑猥でもない」存在として表現されていることに賛辞を呈する観点から、デスノスは「アポリネールは、鞭というものの本質的に近代的な役割を理解していたが故に、鞭をその小説の精密無比なアクセサリーにしていたように思われる。同様に彼は、サド以後に発達を遂げてきた唯一の愛の形態である、マゾヒズムを正確に描写している」と書いています。

往年の豪奢な国際列車の華麗さとともに、物語が縦横に交差するユーモアにもかかわらず、デスノスがアポリネールと共有しているように思えるサド・マゾ的な幻影の向こう側に、暗い暴力が、あたかも人々がその存在理由を見つけようとしてこなかったかのように、常に隠されてきたわけであり、『一万一千本の鞭』でのアポリネールの執拗さは注目するに値します。逆にデスノスは「愛とユーモア、この二つの観点から」、この小説は「近代的な書物」であり、『カリグラム』とともに、アポリネールの「傑作」であると位置づけます。間違いなく、ここでデスノスは、アポリネールが最初に手がけた詩とエロティシズムとの深い繋がりについて、他の誰よりも直感的に認識しているのです。しかし、もし彼が自由と愛との間でまさに引き裂かれた意識の表れを、アポリネールに匹敵する暴力のなかで認識していなかったとすれば、彼は『一万一千本の鞭』という本に決定的な重要性を認めたでしょうか？

おそらくこの意識は、近代性の盲点として、大多数の人々に拒否されていたのです。ともかく私は、ピカソが『アヴィニョンの娘たち』を描き上げた一九〇七年に、『一万一千本の鞭』が匿名で出版されたことを思い起こします。ピカソはその絵画を公開するのに、九年後の一九一六年まで待たなければならなかったのです。その共有された半ば秘密の絵画は、イメージの領域と言葉の領域の双方で表現を革命化することで、欲動的な暴力の出現が意味するものを目にする機会を、まるで遅らせるかのように作用しました。さらに一九一五年から一九二三年にかけて、マルセル・デュシャンが『彼女の独身者によって裸にされた、花嫁さえも』の制作に取り組み、デスノスが『エロティシズム』を書いたその年まで完成を見合わせたことが思い出されます。つまりそれは、愛の問題に関する最も活発な問いかけが集中して、二十世紀の初頭を揺るがせると同時に、欲望がもたらす表現力を明るみに出した時期なのです。

デスノスは、非常に高い電圧とそれを突き抜ける多数の電流に相当する熱に捕らえられています。この綺羅星のようなグループのメンバーのなかで、彼は愛の問題を極めて徹底的に提議する唯一の人物であるだけに、彼の中では、地平線が無限に遠のいていくまで、ひと続きの風景がますます動転していくのです。「愛よ、お前は僕にこの廃墟からいやでも粘土玉をこねあげさせ、そこに僕の姿を刻ませようとするのか、それとも僕は、両眼を武器として己れの姿を現出すべきなのだろうか？」[1]と、大抵の詩人なら多様な形式を通して回避する手段を見つけ出すわけですが、彼は愛を定式化することの緊急性と危険性を同時に強く感じながら、なおも問いかけるのです。

同時に私たちは、このことが『ナジャ』が刊行される四、五年前、『狂気の愛』の十年前であることに気づく必要があります。おまけに『ナジャ』は、破局に至る輝かしい物語として、愛ではないものに関する問いかけを展開していますし、その後の『狂気の愛』は、欲望の眩いばかりの進展が、偶発事象に遭遇しながら、どのように愛の風景を描くかを称揚しています。そして稀有なことですが、この双方の本は情熱の賜物だとはいえ、それでもなお、そこに流れる省察力が情熱の対象との距離を作っているのです。デスノスにとって、距離を測ることなど決してありません。彼に取りつく暴力は、「様々な事態を左右する悪霊[2]」のように、誰よりも時の暴力にさらされています。一九二〇年代に限りなく開かれた「愛の砂漠」の前で、ブルトンが一九二二年に『近代の進展とそれに関与する者の性格』で言及しているように、デスノスこそは「最先端を進む騎士」だったのです。彼は「いかなる束縛からも解放された者」であると同時に、最も脅威にさらされているものを知覚できる者でありつつ、それにもかかわらず、脅威にさらされているものの闇をさえ引き継ぐ者であったのです。

そしてこれが彼に愛の夜における千里眼の力を与え、人々が「エロスの涙」の背後に少しずつ逃げようとする問題が生じる以前に、すでに彼は千里眼の力でその問題を識別できていたのです。しかし、時代を支配している暴力を内面から認識していたデスノスであるがゆえに、耐え忍ばれ、あるいは行使される残酷さが、もしデスノスのエロティシズムの構成要素であるとすれば、彼は助長されるユーモアや、ますます理論化されるサディズムを自らと区別したことでしょう。というのも、そうしたサディズムは、一種の遮蔽幕の効果が強まるにつれて、恋愛の激情に起因する情熱の闇を垣間見てきた姿勢のない美学とし

1　『喪には喪を』、再掲、一二二頁
2　『自由か愛か！』、再掲、九六頁

て、凍りついたものだからです。その結果として、おそらく過去数十年前から発生した悲しきＳ・Ｍモードの起源につながる二、三の概念の周りで、愛の領域が狭まってしまったのです。

それとは逆に、「引き起こした張本人でありながら犠牲者の一人」[1]であることを自覚している激情の真っただ中で、デスノスは、愛の情熱とエロティックな情熱が自分の中で一緒になり、見分けのつかない地平線を深めるとともに広げていくことを目指しています。これを行うため、『自由か愛か！』[*10]が風紀に反するとして部分的に検閲されるという危険を冒してでも、彼はあらゆる形態の愛を考慮します。というのも、彼はこの問題に確信を持っているのですから、「すべてが愛において合法である」[2]し、「性的不能者にとってのみ悪であって、逆に官能性とは生命と表現のすべての力の正当化である」[3]からです。ここでも、デスノスの自由は注目に値します。それがなければ愛は存在できないからです。「私にとって愛は不変のものだ。私は下品で愚かな砂漠で自分を見失ったり、うわべだけの恋愛で典型的な性悪女に熱心に言い寄ったりしてきたが、情熱は私にとって相変わらず罪と毒薬の味がするのだ」[4]。

実のところ、いかなる禁断も、彼の探求の強さに影響を及ぼすことはできないでしょう。同時に彼の探求は、映画における《光と闇》[*11]の間や、声のうねりの中で、最も微細な感覚、知覚、または感情をたどるよう彼を導きます。歌、歌手、声に対する彼の情熱、すなわち、彼はその熱気、肌合い、抑揚を見事に言い表すことができるのですが、その情熱は、喚起する力、より正確にはエロス化の力に匹敵しています。「おお、キュヴィエ[12]よ！　辞書の古い例を引いてみると、ノアの洪水以前に存在した怪物を再構築するには、脊髄だけで十分だったそうだ。私にとっては、姿の見えない女の一言さえ耳にすれば、頭から足先まで、おそらく地上の存在よりもリアルにその女の姿を十分呼び起こせるだろう[13]」。[5]

　これこそが欲動が常に現実性を帯びるという目を見張る証拠なのです。あえて言うなら、身体と魂が欲動に飲み込まれることによって、日常の枠組のわずかな裂け目を狙うわけです。愛の問題に対するデスノスの本質的な貢献は、このような日常の裂け目に身を投じ、そこで欲動の暴力が非現実性の域にまで広がることにより、その独自性を見出す機会を一切見逃さなかったことです。それゆえ、彼が映画に情熱を注いだのは、まさにそのような

1　『今世紀のある子どもの告白』、再掲、二四七頁
2　『自由か愛か！』、再掲、七八頁
3　「ファントマ」、「吸血鬼」、「ニューヨークの神秘」、『光と闇』所収、ガリマール、一九九二年刊、八五頁
4　『今世紀のある子どもの告白』、再掲、二三八頁
5　「女たちの声」、『作品集』所収、ガリマール、一九九九年刊、四四二頁

機会が映画にたくさんあったことが理由の一つであったのでしょう。「私たちのために、私たちだけのために、リュミエール兄弟は映画を発明したのだ。そこは私たちの家だった。この暗闇は、眠りにつく前の私たちの部屋の暗闇だった。銀幕は私たちの夢にかなっていたのだ」[1]。

同じような関心から、正確には一九二四年に、「私たちが意識し、私たちだけが感じ取れる様々な思考の間で揺れ動くような、限りなく細かな思考を詩人が観察でき、その思考が私たちの夢に投じられた陰影によって推し測られる装置」[2]を彼は想像しなかったのでしょうか？　これがレーモン・ルーセルのことだと私は知っています。けれども、この引用で明らかにされた知覚の繊細さを通して、世界のエロス化はその装置でどんどん進んでいきます。

想像上のものであるにせよ、この装置は、デスノスが驚嘆したように、私たちを映し出す映写機と簡単に混同される可能性があります。「官能的なタイトルで感動的な行為をなすこれら暗闇の中で輝く男たちや女たち」[3]。「想像するだけで、彼らの肉体は生き物よりもさらに具体的になり、彼らは銀幕の上で最も取り返しのつかない運命をたどる一方で、奇跡的な冒険で観客の心に食い込んでいくのだ」[4]。そしてデスノスは、次のように明らかにしていきます、「二重のシナリオ」がその時展開し、「二つのテーマに関与しながら、行いや振る舞いが、眩い交接点のように突如光り輝くのだ」[5]。

逆説的に、夢を通じた平等の王国、そして影による匿名性の王国という映画の概念は、最も特異なかたちでデスノスの愛の概念を客観化していきます。というのも、この「二重のシナリオ」が、デスノスがずっと前から言い続けている《二重の生》をすぐに思い起こさせるものであれば、彼が生き、愛の現象を考える場所、すなわち恐ろしいほど反響する部屋の典型とも考えられるのです。「私たちの心が生み出す伝説にふさわしい愛と恋人が必要なのです」[6]と、非現実の必要性を情熱の有効成分として提示しながら彼は書いています。そして、この点において、サドに捧げられた最も美しい讃辞の一つ、それはエリュアールのものでしたが、彼はサドが「己れ独自の対象への愛の想像力を解放した」と認めています。このような自由こそが、デスノスが映画の中で見つけたものなのです。「サバン

1　「ファントマ」、「吸血鬼」、「ニューヨークの神秘」、再掲、八四頁
2　「レーモン・ルーセル又は偶然と運命の状況」、『ニュー・ヘブリデス諸島…』所収、再掲、一八八頁
3　「エロティシズム」、『光と闇』所収、再掲、二九頁
4　再掲
5　再掲
6　「映画のメランコリー」、『光と闇』所収、再掲、一〇六頁

ナの中での騎士の接吻、ちらりと見えるダンサーの肩、冒険家の頸部腫脹、手紙もしくはピストルに滑り込む長くて窮屈そうな白い手、特に瞳は、映画の神秘的な光の中で一層美しく、銀幕に散りばめられた《愛》が、まさにあなたの上に向けられるのです」。

それがこの新しい自由でもあり、その流儀で一九二七年に詩集『暗闇』の婉曲な言い回しにおいて、愛する人の《透明な存在》[1]が現れるのです。そこにこそ、無限に広がるデスノスの激情の秘密があると考えてよいでしょう。その意味で、マリー＝クレール・デュマ[*14]は、デスノスが《伝統的な愛の抒情》からいかに遠ざかっているかを強調しているのは、まさに正鵠を得ています。「それは女性の身体を讃美するブラゾン[*15]ではなく、勝ち誇ったエロスの多様な百態を、調子を合わせて戯れる手法で書かれた、ふたとおりに解釈できる詩の類いでもありません。望みのない愛の切ない嘆きでもなければ、くどくどと長く繰り返される打ち明け話の類いでもないのです……」[2]。

そう、実際にそんな類いのものではありません。デスノスはすでに長い間、私には《愛の肉体》の発明に相当するように思えるこの《透明な存在》を盲目的に作り上げていました。そこで常に傷ついた深みにはまりながらも、愛の想念と愛する人とが、限りない変容の力を伴って一緒になっていくのです。そして確信して言えるのは、デスノスが恋に落ちた歌手、イヴォンヌ・ジョルジュ[*16]に捧げた見事な記事で、彼女の魅力は「魅惑的で果てしのない愛のパノラマ、たとえば、肩を露出したダンサーでひしめいている宮殿、伏魔殿、永遠に取り逃がしたランデヴー、魔法の鏡、変貌、破滅と常軌を逸した抱擁のさなかにある豊かな海、街灯が並んだ歩道の清潔な通り[3]」をさらに変容させる力をまさに発揮していると強調していることです。

実際に、映画と比較して、この魅力が「断片的な愛」を引きつけるイメージと感情を喚起し得る一層大きな力があると認識することで、散らばって漂ったり、ぶら下がったりする抒情的要素をどのように再利用するのかを、彼は知らぬうちに想定し、おそらく詩集『暗闇』の一節でなおもほのめかされているように、彼自身、その想定を断念することはありません。

――古代以来あらゆる名だたるトカゲが走ってくる

1　デスノスがその時愛する女性に付与した幻影をそこで目にするためのこの《透明な存在》を強調したのは、マリー＝クレール・デュマによるものである――『ロベール・デスノス又は限界への探求』、再揭、五一九頁
2　マリー＝クレール・デュマ、再掲、五二一頁
3　オランピアでのイヴォンヌ・ジョルジュ」、『ニュー・ヘブリデス諸島…』所収、再掲、二二〇頁

ジギタリス属の食虫蔓植物
蔓を走らせ
反乱の笛を吹き
キリンを走らせ
僕はあなたを素晴らしいご馳走に招待します
グラスの光が北極のオーロラのように輝きますように[*17 1]

その結果、途方もない換気口のように——デスノスの詩はすべてそうですが——滑り、分散、ズレ、切断、転換、繰り返し……という無数の過程を経ながら、それぞれの言葉が、常に再発明される《愛の肉体》に他ならぬこの《透明な存在》の光り輝く壮麗な痕跡を描くのに貢献しているのです。

同様に、イヴォンヌ・ジョルジュに捧げられた『神秘の女へ[*18]』という詩集にも同じ意図が見えますが、この詩集が不在の愛を喚起していると単純化するのは非常に間違ったことです。おそらく、この詩を読んだ後にいたく感動したアントナン・アルトーは、一九二六年、ジャン・ポーラン宛の手紙で、次のような並外れた手法に言及しています。「このような成就しえぬ愛の感情が、世界の根底を掘り崩し、自己という枠組みから人間を無理矢理引きずり出すのであり、この感情が詩に生命を与えていると言ってよいでしょう」[2]。実際にアルトーにとって、苦痛とは、より幸せな視座を隠すものを露わにすることなのです。そして彼は、あからさまに開かれたデスノスの本を読んで、デスノスがいかなる代償を払ってでも、来るべき愛の場所を全面的に作るべく、作品を掘り下げていく動きのなかで、デスノスの抒情的意図を発見し、いたく心を揺さぶられたのです。そこに偶発的に立ち現れるのは、まさしく透き通った透明な存在なのです。

実際に、アルトーがデスノスについて見事に把握していたことを、デスノス自身が、イヴォンヌ・ジョルジュと彼女の声の効果に関連してこう思い起こしています。「私たちのあいだで微睡《まどろ》んでいた情熱が目覚め、劇的な出会いのさだめに導かれるべき時が近づいていることを私たちに喚起させる」[3]。これは何らかの埋もれた記憶を蘇らせるということではなく、ありそうもないことを予見するということです。イヴォンヌ・ジョルジュによって引き起こされた衝撃の強さは、存在の深淵にまで触れていきます。これに関して、アル

1　「暗闇」、『肉体と幸福』所収、再掲、一三五頁

2　アントナン・アルトー、ジャン・ポーランへの手紙、一九二六年四月十七日付、『作品集』所収、再掲、三一一頁

3　「オランピアでのイヴォンヌ・ジョルジュ」、再掲、二一九頁

トーはデスノスのことを詳しく述べています。「この満たされぬ欲望からくる苦痛は、その極限とその繊細な糸に至るまで、愛の想念すべてを掴み取って、空間や時間という絶対性に立ち向かっています。こうして存在全体がそこで限定づけられ、関与しているのを感じるのです」[1]。

あらゆる苦痛とは別個に、そこにデスノスの発見があるのでしょう。《愛の想念》とそれを無限に超えていく絶対性との対立から、常に変転する非現実性に開かれた形象のように《愛の肉体》が立ち現れるのです。なぜなら「草の上に横たわっている一羽の白鳥、そこにこそメタモルフォーゼ《変容》の詩が存在する」[2]からです。デスノスが自らを照らす光、すなわち絶えず脅かされる星あるいはヒトデは、深淵の夜からやってきます。一人の女性から別のものへ、彼は己れの探求するものを追跡します。そこでは「作品から生じる嵐に溺れ込んだ素晴らしい驚異が、覆い隠された底辺から蘇るのです」[3]、なぜなら「驚異に見合わぬ愛は、虚しい偽装に過ぎない」[4]からです。こうした驚異が、この時、アルトーにも発見されたわけですが、アルトーは、デスノスが私たちを抒情性《リリスム》の海の沖合いまで引きずり込みながら、素晴らしい驚異の源泉にまで導くという、誰も為し得なかったデスノスの驚くべきやり方を明らかにして見せたのです。そこでは「これらの詩篇による不足の感覚を抽象化する必要などまったくありません。日々の生活あるいは日常生活の細部がどのように空間を占めようとも、そこにあるのは、ただ未知なるものの荘厳さなのです」[5]。

誰か、愛によって押し流され、その測り知れない不足の感情を経験したことはありませんか？　それに対して、世界が突如、無限に開くことを感じたことはありませんか？

私たちは夜明けの悪寒とともに始まるものの暗い動きを忘れているのでしょうか、デスノスは、《見知らぬ手帖《アジェンダ》に書き込まれた》こうした秘密の会う約束《ランデヴー》を、私たちに思い起こさせるために自らの生を賭けたのでしょう。その手帖《アジェンダ》では、私たちにとって唯一重要なのは、突如、物狂おしさの形象を取ることなのですから。

アニー・ル・ブラン

1　アントナン・アルトー、ジャン・ポーランへの手紙、一九二六年四月十七日付、『作品集』所収、再掲、三一一頁

2　「暗闇」、再掲、一二六頁

3　「イヴォンヌ・ジョルジュ又は栄光の手」、『ニュー・ヘブリデス諸島…』所収、再掲、二七六頁

4　再掲

5　アントナン・アルトー、ジャン・ポーランへの手紙、一九二六年四月十七日付、『作品集』所収、再掲、三一一頁

＊1　原題は *Voici venir l'amour du fin fond des ténèbres.* 一九二七年に書かれたデスノスの詩集『暗闇』*Les ténèbres* のタイトルを連想させる。この詩集は、日常的な現実に、夢や幻覚が深く豊かに浸透した傑作である。また表題の冒頭、*Voici venir* は、日常では使わない、やや古風な表現。

＊2　詩集『暗闇』の冒頭に収録された詩篇「ロベール・デスノスの声」を指すと同時に、〈声の詩人〉と言われるデスノスの特質も表している。

＊3　一九二六年三月、「シュルレアリスム革命」第六号に発表されたデスノスの子ども時代の回想記。六歳まで夢の中で生き、一人遊びをしながら、様々な空想を描いたり、隠された本を読んで、最初の官能を知ったりするなど、子ども時代の内的体験が綴られている。

＊4　サン＝メリ界隈は、デスノスが生まれ育ったパリの下町。近くにサン＝ジャックの塔がある。

＊5　デスノスの詩集『肉体と幸福』*Corps et biens*, 1930 を掛け合わせている。

＊6　デスノスが一九一九年に書いた詩篇「アルゴ船の勇士たちの化粧」*Le Fard des Argonautes* のこと。のちに詩集『肉体と幸福』に収録された。ギリシャ神話において、金羊毛を求めてアルゴ船で航海をした勇士たちの総称で、アルゴナウタイともいう。

＊7　デスノスが睡眠実験の折に描いたデッサンの題名。

＊8　ローズ・セラヴィ Rrose Sélavy は、《言葉の遊び》の作者たるマルセル・デュシャンの女性人格としての別名で、それ自体奇妙な語呂合わせをなすものであるが、当時ニューヨークにいるデュシャンとまだ会ったこともなく、当然その言語遊戯もあらかじめ知らされていなかったデスノスの筆から、まったく同じ「ローズ・セラヴィ」の地口が出現したことは、ブルトンらを驚かせた。その模様をブルトンはエッセイ「皺のない言葉」に書いており、当時のデスノスが睡眠実験による《自動記述》実験の中心人物であったことが知られる。

＊9　著者が引用しているデスノスの詩「オモニーム」*L'Aumonyme* は、「ローズ・セラヴィ」に引き続き、音節の入れ替えなどによる言葉遊びを駆使することで、言葉の新たな機能の表出を狙った実験的な作品で、一九二二年十一月に起筆され、一九二三年に完成していることから、同年に書かれた論文『エロティシズム』と時期的にも連続して書かれていることが分かる。

＊10　一九二七年に出版されたデスノスの小説『自由か愛か！』は、一九二八年五月、風紀に反するとして出版社が訴訟を起こされ、猥褻もしくは反教権的な箇所を削除するよう判決を言い渡された。

＊11　『光と闇』は、一九九二年、ガリマール社から刊行されたデスノスの映画評論集成の総題でもある。大衆紙等にデスノスが書いた膨大な数の映画評論を一冊にまとめたもの。

＊12　十八世紀フランスの著名な動物学者・解剖学者、ジョルジュ・キュヴィエ Georges Cuvier（一六六九〜一七三二）のこと。

＊13　デスノスが一九二八年四月三十日刊〈ル・ソワール〉紙に発表した記事「女たちの声」より

＊14　マリー＝クレール・デュマ Marie-Claire Dumas は、現代フランスにおけるデスノス研究の第一人者。ガリマール版デスノス作品集の編集者として知られる。

＊15　blason　ブラゾン。十六世紀に流行した平韻定型詩で、女体の美を賛美したものが多く、褒貶詩とも言われる。

＊16　イヴォンヌ・ジョルジュ（一八九七〜一九三〇）は、ダミアと並ぶ有名なシャンソン歌手で、暗く哀切な声と歌曲で一世を風靡した。一九二四年十月にオランピア劇場で初めて彼女と出会ったデスノスは、彼女が結核で死ぬまで、無償の愛（片恋）を捧げ、その想いを数々の詩で表した。

＊17　二十四篇の詩から成る詩集『暗闇』所収の詩篇「夜明けに」から引用されている。原注のとおり、詩集『暗闇』は、のちに総合詩集『肉体と幸福』（一九三〇）に収録された。

＊18　一九二六年に書かれた七篇の詩から成る詩集。原題 *À la mystérieuse* のちに総合詩集『肉体と幸福』（一九三〇）に収録された。

近代精神の観点から文芸作品を通じて考察された

エロティシズム

ロベール・デスノス

ジャック・ドゥーセ氏[*1]への手紙

拝啓

これが私が書こうとしていた作品です。

エロティシズムは、フランスでは、文学作品の観点からも、全体的な視野からも、これまで一度も研究されたことがありません。わずかにギョーム・アポリネールだけが、この重要な課題に実際に取り組んだのです。私には事前の構想もなく、『国立図書館の地獄書庫』[*2]（ギョーム・アポリネール）や、十九世紀で終わっているプーレ＝マラシ[*3]の目録の他に、参考文献が一切ない状態でした。そのため、一種の見取図を設定すべく、最重要の作品を選択するという方法を採らざるを得ませんでした。つまりサド侯爵を中心に据えて、幾人かの作家を選んだわけです。サド以前及び以後から、ザッヘル・マゾッホやギョーム・アポリネールに至るまで、最も典型的と思われるものを研究対象にしたのです。私はまた、

『危険な関係』のようなエロティシズムの主要作品を引き合いに出すことを良しとし、ともすると極めて凡俗な好色作品群に視野を限る必要はないと考えました。

どちらかといえば、エロティック文学の歴史というより、その概要をまとめ上げたことに、私は成功したつもりです。

もし貴兄がこの作品に満足していただけるなら、研究途上で興味がますます高まってきたこの仕事の成果を、一層喜んでよい理由となるでしょう。私にこの仕事をするよう勧めてくださり、多くの新たな地平への門を開いてくださった貴兄に対し、あえて感謝を捧げる次第です。実際に、高い見地から考察された、これら呪われた作品群が、近代精神と現代の風潮に密接な関係を分かち合っているのは事実なのですから。

敬具

パリにて
ロベール・デスノス

緒言

私たちは人間の生を、その最も自由な表現で考察することを学んできた。十九世紀は、震える巨大な船に、滝のように果てしのない雪を降り注ぎながら、騒々しく流れ去った。それらの船の名前は、今日、詩の街路や熱狂の大通りに与えられている。

解放された道徳観念の百年間に続く、革命的精神の百年間は、私たちに様々な権利を付与したが、なかでも特筆すべきは、私たちの肉体同様、精神にも愛を行使せしめる権利であった。

時代遅れの試みを繰り返したところで、もはや今日、知性は天才にほとんど影響を与えはしないだろう。《懲罰好きな学監》によって建てられた、居心地の悪い学校では、席につく者もなく、階段状の大教室はさびれるしかないだろう。

知性とは、いったい何の知性なのか？　補足しない限り、この言葉には何ら意味がない。単に知的な連中は、理解することしかできない。彼らには、情熱を記した教科書をたどったどしく読み上げるだけの凡庸な生徒の役割しか残されていない。いわば、あまりに多くの優等生が情熱を定理にはめこみ、それをひっくり返すだけの競争相手がほとんどいない状況に対して、この情熱はほとほとうんざりして、学校の教室に見切りをつけ、活気ある街路へと逃れ去ったのだ。

今や古びて途方に暮れたこの学校の生徒たちは、鞭の柄のそばで涙ぐんでいる、なぜなら彼らは折檻される以外に、この鞭の利用法を一切知らないからだ。

何よりもまず、道徳の名のもとでエロティシズムを弾劾するのが、エロティシズムについて書く連中の犯す常習的な偽善行為であるということだ。そうした連中が演説すると、道徳という言葉は一切の意味を失い、羞恥という言葉と同義語になってしまう。哲学的で厳粛な精神（言葉の限られた意味ではなく、原初の意味）は、もはやフランス語で表現され得ず、道徳という言葉の定義に至るまで、一切を忘れてしまう始末である。そもそも道徳とは、人間の知識の探求といった意味しか含まれていない。つまり、道徳それ自体に、性的機能の完全な研究という意味も含まれているわけであり、生命の必要性に関わる倫理の適用以外には、何ら咎め立てされることも、釈明することも要しないのである。

何をもってあるものを《善》と定義するのか、それは特定された哲学的体系の枠内でなされたことであり、その一部をもって全体を《善》と見なす過ちを犯すことになる。すなわち、あらゆる哲学は、その道徳に《エロティック》なものを含んでいない限り、不完全なのだ。私たちは、こうしたエロティックなものを含まぬ探求が、非難もされずに精神の自由の証左だと見なされていることを嘆かわしく思うものだ。

いずれにせよ、時空の無限に心を奪われる人たちのなかで、その魂の秘密の部分で、この《エロティック》な道徳を構築しなかった者があるだろうか。ポエジーが気がかりでならず、遠く隔たった偶然の神秘を求めてやまぬ人たちのなかで、愛が絶対の内部で純粋にして淫蕩でもあるという、一種の魂の隠れ家に引きこもりたいと願わぬ者があるだろうか？

R・D

第一章

定義の試み

エロティシズム＝病的な色情
小ラルース辞典1

私たちが使う言葉は、大概辞書と一致するところがない。しかしながら、そうした言葉の相対性にもかかわらず、私たちは自分の心に最も強い作用を及ぼす言葉の意味を、最大限の正確さをもって特定することができる。愛と詩とは、人間存在とその付随するものに名称を与えるあらゆる特権を持っている。すなわち、卑俗な多数派に与しない人にとっては、誰しも言葉は蠟よりも柔軟性に富むものなのだ。ただし、不器用な人にとっては、ある種の言葉は、鋭い刃を持ち、傷つくことがあるかもしれない。高精度な時計の歯車よりもさらに精密で繊細な言葉の歯車は、たった一つの埃によって破壊されてしまうからだ。

1 「愛」の項目で、ラルース氏はたいそう物識り顔で祖国愛、孝行、母性愛について語っている。まるでその他の愛は、この脳天気な百科事典の読者には、領域外であるかのごとくだ。

ところが言葉を使いこなせる人にとっては、秘密の扉を守護する龍でさえこわばって扉を開けるので、どれほど堅固な要塞といえども、そこいらの風車小屋より突破しにくいということはない。

自由な言語表現において、侮蔑的な意味を本質的に持ち得る言葉とは、いったいどのような言葉だろうか？　それは言葉自体のせいではなく、作家や読者あるいは饒舌家によるものであろう。とはいえ、ラルースやリトレ辞典のページの間に、このデリケートな蝶たち（言葉）がじっと留まっているわけではない。蝶は花々の方へ飛んでいくものだから、この石棺の静寂と闇の中で、すなわち閉じられた辞書の頁の中で、古典学者が苦労して練り上げた定義を、否定したり変形したりして、意味の結びつきが構築されていくのである。

エロティックとは、個々の学問である。各人が、自分に付随する問題を各々の尺度で解決していくものである。仲間うちで共通して意見の一致を見るのは、この問題が永遠に不可解であることを確認する時だけであり、しかも私たちはこの問題が存在することを飽きもせずに主張し続けるのである。従って、エロティックな言語とは、数が多ければ多いほど、よけいに相対的なものにもなる。幅広いおおよその定義でさえ、付与できる用語は極めて稀なのだ。つまり、様々なエロティックな言語に定義を付与する線引きが曖昧なのだ。

ただ、こうした言語の集合体のみが、この複雑な領域の外観を垣間見させる望みを抱かせるのかもしれない。ところが、それ以上に定義したいという望み、この比類なき言語表現のあらゆる単語を定義したいのであれば、幾千もの精神的、物質的フェティシズムの形式を研究することに帰着してしまうだろう。このような労苦は、一生涯を費やしても決して終わることがないだろう。

精神分析的な観点を別にすれば、エロティックな文学に嘘が存在する余地はない。作者はこの精神の鏡のなかで、自分自身の正確なイメージ以外のものを決して供述しようとはしない。他人の魂を何らかの方法で表現しようとするには、かなりの自惚れがなければならないからだ。心理解剖家の仕事は不毛であり、そのセックスを覆い隠す仮面が、彼の不能を癒すわけがない。私たちが筆にできるのは、自分自身の心理と感覚が結合したものだけなのだ。もしこの感覚というものを注意深く数えてみるなら、その数は十指を越えるだろう。あらゆる物理的な原因とは別に、根本的な五つか六つの感覚を作用させ得る私たちの脳の機能は、いったい何番目の感覚なのだろう？　最も高揚した脳のエロティシズムも同様に、感覚の内側に溺れ堕ち、私たちの官能に屈従するのである。

一般的に、軽薄な精神によるエロティシズムは、文学よりはるかに美や精神の慣例に従順である。これら凍った沼の表面では、橇《そり》はごく浅い溝と乏しい轍《わだち》しか残さない。錫めっきが充分塗られていない氷の表面はどんな影像も映し出さず、不毛な水面を覆うヴェールは、金を追う採掘者どもを過《あやま》たずに導く。このような凍った沼から遠く離れて、熱帯の海洋や北極の海を、堅牢な船首材をもって前進する汽船があるが、これこそが、絶えず難破しては生還する汽船「アムール（愛）」号なのである。

定義

エロティシズム　愛を喚起する、誘発する、表現する、満足させるなど、愛に関わる一切のもの。

エロティック文学　エロティシズムに帰属するものを一つないし複数以上有し、愛を扱った文学。

エロティック　（本質的な）愛の科学。（プラトニックとか、脳髄的とか、神秘的とか、官能的とかいった形式上の区別のない性的衝動の意味に解される。）

放縦（Libertinage《リベルティナージュ》）　愛における精神及び素行の自由。

肉欲（Sénsualité《センシュアリテ》）　感覚能力のこと。

猥褻（Obscénité《オブセニテ》）　愛における慣例と偏見、及び羞恥心に抵触する一切のもの。

猥褻文学（Littérature obscène）愛の表現においてアカデミズムに違反する文学、思考及び行為を愛との関連において描写する文学。

ポルノグラフィ（Pornographie）低級な（脳脊髄的な）作用しかもたらさない猥褻文学。この言葉を使う者の頭の良し悪し次第で、侮蔑的になることもあり、ならないこともある。

スカトロジー（Scatologie）フェティシズムの特殊な形式に相当する文学であり、排泄機能及び排泄物を使用して成立する文学。

第二章

サド以前のエロティシズム

古代の作家たち

エロティシズムは、近代精神に特有のものである。かつては放縦（リベルティナージュ）と混同されていたが、初めてフランスで明確化されたのは、ロマン派の革命が近づいた時期で、エロティシズムはロマン派革命の前兆のひとつであった。もっとも、それ以前にエロティシズムは存在していたのだが、誰一人としてそれを究めようとする者はいなかったのである。ロマン派の作家たちは、勝利を得ると同時に、自分たちを動かすこの激越な精神の痕跡を、何世紀にもわたって再発見することができた。しかし、この文学の例示を古代に探し求めても、ほとんど無駄というものであろう。《オリジナルな翻訳》もしくは影響や流行に負わねばならない作品群が、近代的作品に伍する位置を占めようなどとは、私たちにはほとんど考えられないからである。

私たちにとって、考古学的見地から、ギリシア風のエロティシズムの様相を探し求めるには、ピエール・ルイスの『アフロディテ』より他に必要なものはないだろう。むしろ私たちはこの作品に現代的重要性を認めるのである。この小説の序文で作者は、本作をこれまで誰もあえて翻訳しようとしなかったギリシアの諸作家による放逸な作品であると吹聴している。

私たちは塵を払ってまで古代の作品を探しだそうとは思わない。ルキアノス[*4]の『遊女の対話』を翻訳したルイスの例があるが、それがいかに古代精神の壮大な発掘を喧伝したとしても、私たちの興味をほとんど引かないものであることを示している。最初アミヨーによって翻訳され、P・L・クーリエによって完訳版が出たロンゴス[*5]の『ダフニスとクロエ』をみてもそれは明らかだ。このあまり冴えない風刺書作家の古くさくて廃れた文体は、読みづらくて、感動を妨げるのである。羞恥心というものが、カルヴァン主義的形式を帯びていなかった時代に、ロンゴスの重要性が、『ポールとヴィルジニー』を書いたベルナルダン・ド・サン＝ピエール[*6]の重要性に勝っていたとは思えない。ともあれ、このサン＝ピエールの小説とともに、『ダフニスとクロエ』が、リセの片隅で、思春期の若者の悩みをつかさどっていたと考えるのは褒めすぎであろう。当然のことながら、やがてこれら時代遅れの作品は、コレット・ウィリー[*7]の『クロディーヌ』のような現代小説によって王座を奪われるわけであり、近代恋愛の初歩入門書としての役割を運命づけられたと考えるのが正しいだろう。

同様に私たちはラテン作家のエロティシズムについて力説するつもりはない。千年にわたる文学は、それが瓦礫の山であるがゆえに、私たちは取り扱う必要がないのだ。愛の仕草は愛の言葉よりさらに変化する。衣装や髪の裁ち方、民族的な変化などは、性的な反射作用に左右されるものだ。近代の恋愛はフィクションではない。過去と現在とのほんのわずかな相違でさえ、羊歯《しだ》の愛と人間の愛の形を隔てる溝と同じくらい大きな溝が穿たれている。ペトロニウス*8については、ローラン・タイヤードによる現代語訳のおかげで、『サテュリコン』を再読することも可能であろう。ただあいにく、この翻訳家の向こう見ずで奔放な筆致は、ペトロニウスという目利き[1]の原文に、不自然なわざとらしい文飾を施している。しかし時折、あるディテールが翻訳家の核心を突くと、文章に潤いが出て、調子が高まるのである。

『サテュリコン』のなかには、イタリアの語り部たちが潤色して味気ないものにしてしまった作り話もあるだろう。それでもやはり、ペトロニウスの絶対的な無道徳性と、愛における自由さは面白いものだ。物語全体はほぼ申し分なく魅力的である。しかし作者はあまりに懐疑的であるゆえに、物事を根底から熱く感受できていない。だからそこには、淫蕩を抜きにした、理知のない放縦があるばかりである。そこからいかなる哲学も引き出せず、この作者はラテン文化に凝り固まるあまり、同時代の愛を理解できないのである。的確な言葉を使用しているにもかかわらず、作品は率直さを欠いており、カラカラ帝の軍隊における遊蕩児たちが、ここまで自制してはいなかったであろうと察せられるのである。その時代のエロティシズムの正確な描写を書き残さなかったせいで、ペトロニウスは好色作家として二流の位置に格下げされているのだ。すでに述べたように、翻訳は的確であるが、それが優れた翻訳であるというわけではない。的確な翻訳者は創作者たり得ず、どちらか一方を犠牲にしないわけにはいかない。概して生命は古い書物に勝る。死んだ言語を、理知による翻訳で、生きた言語になおすには、心情の移植がなければ不十分だ。このような仕事は実りがなく、私たちは後世に関心を払わないのと同様、永遠の言語で表現され得なかった過去の人々の声にも、注目することはないのである。

その死後にジル・ド・レ[*9]に与えた影響がなければ、私たちはスエトニウス[*10]をまったく思

1 ネロの寵臣で風流の目利きであった『クオ・ヴァディス』のペトロニウスが、『サテュリコン』の著者と全く関係がないとする憶測は、よく知られている。いずれにせよ、この作品が個人を風刺したものでないのは明らかで、たとえばトリマルキオは、ネロを暗示したものではなく、ペトロニウスの時代に多数現れた典型人物とみるべきであろう。

い浮かべることはないだろう。周知のように、《青髭》は『ローマ皇帝伝』の写本を読んだことで、ティベリウスやネロの遊蕩に倣って、情欲を一新させることに駆り立てられた。現代では、ジル・ド・レの無実を試みようとする人もいる。が、このような努力の虚しさは、私たちを戸惑わせるものだ。ジル・ド・レは、私たちの時代に関与している限りにおいてのみ、[1]私たちの興味を引くのである。後世を侮辱するのは私たちの勝手であるが、逆に私たちが過去を理解しないとして、過去が文句を言う権利はないはずである。そもそも私たちがいなければ、過去など存在しないからだ。

　過去とは、私たちが欲するがままに作り上げるものでしかない。古代の正確なイメージを作り上げようとすることは、絶対に無意味である。まず何よりも、その目で見ない限り、模写の信憑性を証明するわけにはいかない。ある男の思い出が、死後に生き残る時から、この男は生者のように日々変化する、いやむしろ、生者によって変化を遂げていくのである。こう考えると、ジル・ド・レの死後も同様であり、後世の神話作家や弁護士がどう言おうと、彼は自らを断頭台に導いた巧妙な殺人の犯行者に留まるのである。考古学は私たちをどこへも誘《いざな》いはしない。生命のみが、ともすれば作家の言訳になり得るのである。

　かくして凡俗な歴史家、スエトニウスは、その雑然たる皇帝伝の中心に、カプリ島の取るに足らぬ大饗宴の話を挿入したがために、ジル・ド・レという近代最初のサディスティックな人物を生じさせ、中世の彼方にローマ帝国を打ち立てようとする熱烈な欲求を彼に伝達し、あげくに《殺人鬼》とか《青髭》とかいった子供の恐怖の的にして、子供の性的本能の支配者たる原型人物を生み出してしまったわけだ。

同様にアプレイウス[*11]の『黄金の驢馬』においても、エロティックな数節を発見できる。しかしこの書物は別の理由で興味を引く。世に知られた最初の小説のひとつであるこの書物は、サドの愛読書のひとつだった。それは三千年前、いやおそらくはそれ以上の昔から伝えられ、すでに夥しい理論体系が消え去るのを見た、あのすべての秘教哲学に基礎を置く錬金術的作品なのだ。そこでエロティシズムは、高い哲学的観点から考察されている。このような本は徹底的に研究されるべきだが、魔術的哲学に基礎を置いている以上、それは極めて難しく手間のかかる仕事だ。

1 ユイスマンス『彼方』

第三章　サド以前及びサドと同時代の作家たち

スエトニウスの模倣者、ブラントームの作品[*12]（『当世女傑列伝』、『好色女傑伝』）の中に、愛を探し求めるべきではない。そこにあるのは、廃人のたわ言であり、コキュの噂話やくだらぬ猥談の寄せ集めに過ぎず、ともかくも、古文書学者にしか興味を引かない代物である。これら年代記から、こらえきれない退屈が立ち現れ、面白い話であるはずなのに、表現が下手くそで、最後まで読み通すにはよほどの根気がいる。うわべの愛想だけでは、作家の妬みや怒りを隠しきれるものではない。とはいえ、時にはサント・ソリーヌ夫人のような、裁判官に身をまかせて夫を救う女主人公《ヒロイン》が現れて、私たちの注意を引く。物語が勢いづくのは、張形の効用とか、女の色香を活かせる最善の方法を論じる時である。しかしそんなところにエロティシズムなどこれっぽっちもない。ブラントームは形式張った人物で、自らの記憶を思い起こし、歴史家をもって任じているが、自分の病身を気にし、失われた健康をなつかしむ以外に、自分の書く物語に興じているとは思えない。

当時においては、笑いもなしに愛を描ける作家など皆無だったので、ブラントームは真面目くさった連中に想像力の基盤を与えることができたわけだが、私たちはサドのはるかに高い調子に慣らされているので、ブラントームは、引き出しの中に片付け込まれ、埃まみれになっている始末だ。

この世で最もいやらしい野卑な精神、愛から最もかけ離れた卑猥さ、それに俗悪な連中が猥談とか浮いた話とか下ネタとか称している、あのおぞましい陽気さ……これらは往々にして、学校の教師や粗野な連中の本質にふさわしいエロティシズムを表している。《ブルジョワ的、俗物的、因習的》精神の従属的な代表者であったバルザックにとって、これらの言葉が意味を持っていた時代に、『新百物語』[*13]はひとつの手本として必要な物語集だった。この作品は、極めて相対的で不純な人間性を描いたことでしか価値がない。伝承によれば、ルイ十一世[*14]がこの書物の編纂に無関係でなかったことが確認されている。にもかかわらず、私たちがルイ十一世に抱く固定したイメージは、冷酷でロマンティックなものであって、彼が関与しているなら、自らが作り上げた神話にもっとふさわしい表現を与えて然るべきだと思わせるのである。

要するに、このような作品のエロティシズムは物質的で卑俗である。このように作られたコントは、エロティシズムを完全に歪曲する逸話的な性格を与えるものだ。実際に、エロティシズムの真の性格は、ポエジーと悲劇に属するのである。そして小説やコントが純粋なポエジーに取って代わることができ、エロティックな神秘の表現を主張し得るとすれば、それは抒情的で厳粛な伝承や笑い、すなわちユーモアに特有の悲劇的な深刻さをどれだけ有しているかの度合いによるのである。

百篇の物語を書いた三十三人の作者たち（アントワーヌ・ド・ラ・サール、シャルル豪胆公、召使いのピエール・ダヴィドら）のなかには、創作に苦心したあとがほとんどうかがえない。彼らはその主題を寓話集や、ポッジョ[*15]（このイタリアのアウルス・ゲッリウス[*16]というべき人物は、どういうわけか、『滑稽談集』を書いたことで好色作家として不当な名声を得ている）や、『デカメロン』に借りていて、それらを向上させるどころか、ボッカチオの苛立った精神を馬方たちの娯楽に変えてしまった。おまけに彼ら作者は捏造を繰り返し、その陋劣な本性をさらけ出すのに事欠かなかった。これら古本に、古代のエロティシズムのイメージを求めるべきではなく、退屈で取っつきにくいが、『薔薇物語』[*17]にこそ求めるべきだろう。『エプタメロン』[*18]については、むろん百物語よりイタリア風になっているものの、その仰々しさを、気取った文体で補おうとするあまり、やはり精神性に欠けていることは否めず、もはや私たちが語るほどのことはない。

これに反して、『薔薇物語』は詩人の作品である。そこでは魂が最も大きな場所を占めており、『クレリー』などスキュデリー嬢[19]の諸作の先駆となるものだ。ともすれば凝りすぎて技巧を弄するあまり非難されがちなあらゆる作品群を通じて、本作に見られる神秘主義に近い愛の種々相は、もっと研究されて然るべきだろう。ジャン・ド・マンからバヴァリア王[20]に至るまで、物質主義者から痴愚同然の道化者扱いをされてきた彼ら英雄たちの全系譜は、人間の性向における高貴さを証拠立てているのだ。

ラブレー[21]

《スカトロジー》という言葉は、ラブレーの作品を定義している。むさ苦しくて饒舌な文体からなる俗悪な思想は、豊饒とも見える錯覚を与える。ポエジーや純粋思弁に驚くほど無関心な精神は、愛についてもほとんど理解できていない。それは坊主から環俗して医者になった男の魂そのものだ。うわべだけの不信心で弁解できるわけもなく、その野卑な笑いは、ラブレーの中に、不安の欠如した最も愚鈍な人間が棲んでいることをさらけ出している。もし大多数の人間が彼より低いレベルでなかったとすれば、この欠陥だらけの作品が成功を収めたのは信じがたいことだ。こうしたあらゆる観点から、その低品質な想像力や創意のなかに、巨人的な能力など認めるべくもなく、『ガルガンチュア』や『パンタグリュエル』双方とも、時間をかけて論ずる苦労には値しない作品だ。

『デカメロン』[*22]は上流社会の物語集だ。その調子は、ボッカチオの時代のイタリア人スノッブたちのもので、主人公たちは、機知を効かせた会話で目立とうと必死になる連中ばかりである。そこに哲学的主題を探しても無駄というものだ。そんなものはどこにもなく、いわゆるその享楽主義とは、大多数の幸福な連中の生きる喜びを超えるものではない。

この書物が成功したのは、《万人が手に入れることのできる》あのエロティシズムと、聖職者に対するいくらかの嘲笑ゆえだろう。三十五年前、大通りの神話となった面白味のないヴォードヴィルの劇中人物カリーノの記録者だったことが、ボッカチオの最大の栄光であったとさえ思えるのである。

当時、ボッカチオの《放縦さ《リベルティナージュ》》が、彼の《反教権主義》であったことは確かである。彼の愛の物語に、当時の人々は少しも驚かなかったに違いない。彼が用いた表現は、ルネサンス期に常用されていたものだ。現在でも、日常生活のごく当たり前の挙措動作に慣れ親しんでいなければ、そこに何か際どい物事を発見することはあるまい。

この作品は、《ギャラントリー》の関係、つまり、男と女の外面的な関係をみると、より興味深い。それは封建時代の城中で長く律されてきた、軽妙な会話や媚態の符牒《コード》をすべて取り込んでいる。文学的に見れば、これらコントは相当退屈なもので、十日間の祝宴の物語をひとつひとつ読んでいくにはかなりの根気を要する。見かけ倒しの悲劇的な物語のみならず、人情的な物語においても、どこにも真実の感動が表出されていない。『デカメロン』は、軽侮すべき文学の最初の一例である。

アレティーノ[23]

十六篇のソネットで愛戯の体位を列挙したことにより、アレティーノは一般の文学史的地位より高く位置づけられる。数百年後にサド侯爵が企図した性的倒錯の研究を、それほど大胆で高い精神ではなかったものの、ともかくも試みたわけだから、この作家に冠せられた〈聖〉の称号も分に過ぎたものではない。

装飾的擬古文《コンチェッティ》や晦渋な暗示が詰め込まれたアレティーノの作品は、その当時の欠点をよく表している。そのことからも、彼の作品はイタリア・ルネサンス期に関して、きめ細かな記録を歴史家にもたらしているのは明らかである。しかし、こうした角度から彼の作品を眺めたのでは、エロティシズムは哲学的な効力をことごとく失ってしまう。この聖者が、当時の懐疑論的風潮にもかかわらず、愛を表現する術《すべ》をどれほど頻繁に知っていたかということに注目する方が、私たちにとってより重要であろう。波瀾に満ちた人生に翻弄されながらも果敢に生きたアレティーノは、情熱というものをよく知っていたように思われる。いずれにせよ、彼の著作は、ディレッタントのものではない。猫かぶりで気障な、あのイタリア精神が染み込んだ彼の著作は、随所で私たちを不快にさせる。しかも物質主義があからさまに際立っているため、常にポルノグラフィが主調を成していることを認めざるを得ない。それは時に卑俗であるが、決して不潔ではない。私たちが彼に加え得る最大の非難は、その作品が随所で退屈極まりないということだ。彼が主人公に言わせる当て擦りの数々は、会話を重々しくしている。彼の作品の大部分は、感覚や想像力に訴えるよりも、むしろ眠気を誘うものである。これは事実上、エロティックな想像力は彼の領分ではないということだ。彼は自然主義者であり、いかにも本当らしく情事の手柄を語る、ほら吹きの記録作者でしかないのだろう。ひとつの性的宇宙を自ら創造し得る者にとって、アレティーノは低劣な存在にすぎない。

ロンサール[*24]は、お決まりのレトリックでしか、愛を表現しない。『恋愛詩集』の最も美しい詩篇を通してみても、ほとんど感動は湧かない。彼が図らずもその飾り気を捨て去った時（「汝、老いさらばえし……」とか「恋人よ、薔薇を見に行かん……」とか）も、エロティシズムを語るには、あまりにも当たり障りのない作品しか生み出していない。なかには韻文で、かなり大胆な作品[1]もあるにはあるが、当時のイタリア趣味の域を出ず、エロティシズムの観点から、長く興味を引くものではない。

マテュラン・レニエ[*25]の詩作品は、全体として非常に興味深いものであり、作品の最後にいくつかの自由詩をまとめて残している。その中で彼は、マセットという名の恋人に向けた愛を言祝《ことほ》いでいる。風刺詩や長詩もいくつかあるが、それらは愛の観点からというよりも、文学的観点から価値があるとだけ言っておけば十分だろう。

ラ・フォンテーヌ[*26]の『コント』の評判は、この世で最も不可解なもののひとつである。好奇心を満足させるものを、この冗漫な作品に探し出そうとしても無駄というものだ。この作品が『デカメロン』からそのまま着想を得て、ひどく窮屈な表現をしているのは事実である。書物のどこを開いても、的確な語調が表われることはなく、常に我慢のならない晩餐後のエスプリ、忍び笑い、そして愛の力の完全な欠如があるばかりである。だらけた散漫な文体は、ほとんど魅力がなく、退屈極まりないものだ。最初のページの間は作者を信用するのだが、いつまでも放埓にならないことに嫌気がさした読者は、こんなコントよりも、子供の想像力の方がよほど猥褻で詩的だと思って、虚しい興奮にうんざりしてしま

1 『愛の師匠たち』

うのである。

ビュシー＝ラビュタン[*27]の書物は、ブラントームの『好色女傑伝』が予告したものを実現している。『ゴールの艶聞』は、恋の戯れのように魅惑的な作品だ。純潔な言い回しで、淫らな女主人公《ヒロイン》を巧みにぼやかすので、ほとんど露骨になることがない。「彼女は世にも美しい乳房をしていた」という風に、描写に写実性を省き、柔らかさを表している。こうした平凡な表現は、物語を味気なくするどころか、使い古されたある種の言葉が、本来の意味で用いられると、あたかも思いがけない効力を獲得し得るかのように、詩的な様相を帯びるのである。『ゴールの艶聞』は猥褻ではない。それどころか、抑制され、暗示に富んだ言葉づかいによって、誹謗よりも愛に触れ、愛にインスパイアされた作品である。

感情的冒険、プラトニックな愛、夢、理想は、偽善や外面的な虚偽が、内面的な虚偽、すなわち夢想を腐らせない限り、常に嘲笑されることに抵抗するものだ。『薔薇物語』や『騎士道物語[*28]』は、《主知主義的》な表現を見出したスキュデリーやオノレ・デュルフェ[*29]の諸作品を含む十七世紀文学のはるかな先例である。これら十七世紀の作品は、時代遅れと思われているが、それほど退屈なものではない。ただ長すぎるだけなのだ。理想としては、M・コルネイユの悲劇やラ・フォンテーヌの悲歌《エレジー》よりも高められた分野の詩的アレゴリーである、かの『恋愛地図[*30]』を収録した巻だけを選んで読むことであろう。

ポルトガルの尼僧

猥褻は、エロティシズムに必要なものではない。猥褻を禁じるのは適当ではないが、これを故意に用いるのは望ましくない。『ポルトガル尼僧の手紙』[*31]が、最も激しい情熱を表わしながら、なおかつ純粋さと高貴さの手本でもあるのは、こうした事情によるものだ。愛の精に息を吹きかけられた人々は変容を遂げるものである。愛の精に変容させられた愚かな人々のことを、いちいちあげつらうのは陳腐に過ぎよう。このいくつかの手紙において、打ち捨てられた哀れな女性は、今にも涙を流さんばかりでありながら、しかもなお、いかなる女王よりも威厳をもって語っているのだ。どうしようもないほど絶望的な肉欲に衝き動かされて書かれたこの手紙を読むと、尼僧の垂れ頭巾が、喘いでいる胸元で打ち震えている様を見る思いがする。これほどまでの単純さと率直さをもって、見事に表現された苦悩はあるまい。編纂者はこれに十七世紀の型どおりの表現を与えることはできたものの、その調子まで変えることはできなかった。こうして運命は決したのである。すなわち、ヨーロッパの西はずれの未開の地で、出陣した名もなき傭兵との情事のなすがままに、最初の深遠な愛の作品が生み出されたのである。後に書かれたディドロやコデルロス・ド・

ラクロ、サド、コンスタン、そしてセナンクールの作品はすべて、この『ポルトガル尼僧の手紙』に見事な補足を付け加えたものだと見るべきであろう。この書簡集の影響は、密やかではあったが、確実なものだった。大革命に至るまで、この書は読者の心をひそかに蝕んでいき、愛の近代的な概念が、この書から直接啓示を受けたのである。手紙を読んで、性的反射作用が直接起こることを期待するべきではないが、これらの手紙は、人生により深刻で悲壮な色合いを添えるのである。これは浅薄な人間の心に触れ得ないものであり、成年期以降に読む本だ。それは愛を深さにおいて考えることを教えるのである。憐憫の情によって、この書の感動が必ずしも弱まるとは思えない。サド侯爵が非常な喜びをもってこの書を読み、枕頭の書であったとしてもおかしくはないと十分考えられるのである。私たちがこの書から覚える感動は、完全に個人的なものだ。この書の女主人公《ヒロイン》であり作者でもある彼女は、読者に触れんばかりに現実味を帯び、その驚くべき暗示効果によって、私たち自身を潜り込ませている内的生命の中にまで入り込んでくるのだ。

より崇高で、より感動的な、この肉欲の書においては、自制心のない不誠実な詩人どもによって、長い間、文学上のウェヌスの足元で濫費されてきた知的リリシズムなどは見捨てられて然るべきであろう。

フォーブラ

『フォーブラ騎士の恋』[*32]は、十九世紀のあいだ特に人気を博した。その現実的な影響は、現在では死に絶えており、この書が歴史的な観点からエロティック文学の系列に記載されることはもはやほとんどない。このような題材では、単調さはほとんど避け難く、回想録というものは、想像力の乏しい小説よりも、人生の生々しさで勝っているはずなのだ。ところがフォーブラは、浮名を流して生き長らえ、一種の猥雑なドン・ジュアンになって終わっている。最高の神話もこの体《てい》たらくである。モリエールがドン・ジュアンを文章で仕立て上げたと同時に、ドン・ジュアンは型に嵌められてしまい、この通俗作家は、精彩がなく薄っぺらな騎士の背丈に合わせて、自己流にドン・ジュアンを縮小させたのである。

第四章

サドと同時代の作家たち

抒情的エロティシズム、バッフォ[33]

ヴェニスの貴族バッフォのエロティシズムは、物質的な要素にしか訴えて来ないが、そのすべての魅力は抒情詩からもたらされている。

この人物は、ギョーム・アポリネールを魅了するためだけに存在してきたようなもので、アポリネールは《愛の名匠》叢書[34]の序文で彼を称えている。トルコ皇妃（モハメット三世の母）の血縁で、彼自身は若き日のカサノヴァの庇護者であったが、バッフォは、猥雑な神話の小道具を使って、ヴェニスの栄華や、法皇の威光や、最も厳格な愛の想念を誉め讃えた。その〈放埒な〉作品を特徴づけているのは〈荘重さ〉である。いかなる時でも、その作品は、サドと同種の最も気高い調子や、抒情的語調から逸脱することはない。バッフォは、ピロン[35]がたまたま試みたもの、すなわち愛の詩的表現を成功させた唯一の詩人である。

彼は他のジャンルに決して手を染めなかっただけでなく、特殊な天分を守っていたように思われる。決して慎みというものを知らぬ彼は、ばらばらの紙切れに筆写された自分の詩が、不法に流出して拡がることを認めるどころか、むしろ驚くべきその伝播力を和らげようともしなかった。

詩だけでなく、愛の名匠でもある彼は、その双方に革新をもたらしたように思われる。その抒情的語調と同時に、イメージの極端な貴族主義によって、彼の詩は愛を陳腐さから救い出しており、エロティック文学の系列のみならず、人間精神の歴史においても、バッフォには高い地位が約束されている。

クレビヨン・フィス[36]

クレビヨン・フィスもまた、不当に好評を博した作家の一例である。彼の『ソファ』は司法当局から起訴されたせいで、それほど好色でもない人々にまで喜んで読まれている。この作品は、心理主義的傾向を持つ十八世紀の多くの作品に比べて、特に良くもなく悪くもない挿話小説であるが、『足をひきずった悪魔[37]』と並べると、どうしようもなく色あせた作品である。自らも検閲官であったクレビヨンは、道徳を誇りとし、そのつまらない物語を、西洋の市場で見つけた東洋のぼろ布で飾り立てている。その時代の嗜好に合わせたこの作品は、今日のベストセラー小説の走りであり、その評判には、今日も残存するパリ人のスキャンダル好みを見るべきであろう。

カサノヴァ[*38]

カサノヴァに対する不公平な扱いは、知識人社会の間では通例になっている。カサノヴァを読むと、読者は実のところ、おのれの臆病さに居心地の悪さを感じる。実際に騎士ド・サンガルこそは、文字どおり、恋をする人なのだ。当時の懐疑主義は、ほとんど彼の心に触れることはなかった。彼を皮肉屋だと非難するのは、いわれなき中傷である。彼の『回想録』は、校訂者の手を経たとはいえ、十分優美な筆づかいを残している。周知のように、彼の直筆原稿は実際にライプチヒの図書館[*39]に存在している。その出版は、カサノヴァ自身が用いた言葉づかいの上に、図書館司書が校訂を加えて成り立ったものだ。そのため、原文の趣きを感じるすべもないが、校訂者の配慮は十分察せられる。フォーブラが退屈なのに対し、カサノヴァは魅力的である。というのも、決して卑俗に堕さず、真の自由人として魅惑を放ち、欲望や恋や冒険の感嘆すべき能力を示しているのは、たった一人の受難者たるカサノヴァ自身に他ならないからだ。青春期にバッフォの庇護下で過ごした彼は、この立派な師匠から、おそらく放蕩におけるかくも高い精神性を受け継いだに相違ない。リーニュ公の友人であった彼は、この大貴族の興味を引き、少なからず影響を及ぼしたわけだが、カサノヴァという色事師との交際をもって、この大貴族が不名誉を蒙ることはなかった。

他の作家に精神の原型があるとすれば、カサノヴァには、今日の女性の概念を形づくるのに寄与してきたような、女性に対する没我的な情熱がある。

下品で混沌としているが、真摯で人間性がある、これがレチフ・ド・ラ・ブルトンヌ[*40]に表われているものだ。知性的にサドよりはるかに劣っている彼の作品に、存在の原理を探し求めるのは適切ではない。《好色文学《ポルノグラフ》》におけるように、彼がモラリスト風の作品を書こうとした途端、やや滑稽なものになってしまう。反対に、彼が自分を語ることに甘んじれば（彼の小説はすべて多かれ少なかれ自伝的である）、彼は完璧な情痴作家となる。最も興味深い作品である『ムッシュー・ニコラ』は、ルソーの『告白』よりも多くの点で優れている。彼の斬新な小説手法は、一組ないし数組の《愛情の組み合わせ》から成っている。あらかじめ設定されたプランで語られる事実など問題ではなく、主要人物と、その恋愛と、恋愛の成就を助ける人々だけが重要なのである。このように構想された彼の作品は、愛という、最も興味深い面から見た人生の完璧な姿である。バルザックもまた、物語を処理するのに同じ手法を用いたが、数多くの小ラスティニャックの行動の動機を、愛ひとつにしぼって描くには、彼はあまりにも下賤な魂の持主だった。彼にとって、その高利貸しのような筆致で描くのに唯一かなっていたのは、金銭と金銭になびく連中だった。これに反してゾラは、レチフの手法を堂々と踏襲している。十九世紀の証人たるゾラの地位は、十八世紀の証人たるレチフと同様、文学そのものの圏外にある、風俗の面に位置づけられよう。レチフ・ド・ラ・ブルトンヌは時に淫らな筆を弄するが、決して猥褻ではない。かなり下劣な彼の愛は、破廉恥なむき出しの裸体では満足できない。彼は大多数の人々と同様、透けたシュミーズで愛人の身体を覆うが、ともかくも羞恥心は確保するのである。

脳脊髄的な嗜好をもって、彼はほぼひたすらに、美しい脚、美しい喉元、美しい乳房などといった、欲情をそそる細部に執着する。ハイヒールに対する彼の偏愛は、現代のフェティシズムの兆候である。また彼は、精神的な愛の感情を犠牲にしてまでも、愛に付随する諸々の行為に没頭する。レチフ・ド・ラ・ブルトンヌにおける愛とは、本人が何と言おうと、何にも増して性行為を意味するのだ。彼は女性を理解しようとするよりもむしろ、服を脱がせようとし、彼の《ヴァランス夫人》[*41]であるパランゴン夫人[*42]は、プラトニックな会話よりもむしろ、肉体の行為を重んずる成熟した女性の影響力を彼に行使したのであった。レチフは絶え間ない興奮状態にある。ちょっとしたペティコートでさえ、彼を情事に誘い込む。このことは、実際のところ、彼がその情愛において、不愉快な物質主義者の側にいることを示している。レチフが正直であるかどうかを知ることは大して問題ではない。それどころか、どんな嘘でも彼にとっては無罪と見なされるのだ。彼の下劣な感情に見出し得る、彼を興奮させる性的・官能的想像力は、ほとんど釈明の余地がないものだ。レチフの作品をすべて読むのは無駄である。色情狂のように、彼は同じことをしつこく繰り返し、極度に興奮するあまり、繰り言に熱中する。作者の性癖に同調するよりも、自分自身の性的資質に照らして本を読もうとする読者は、作者の繰り言にうんざりしてしまうのだ。レチフの作品は、『ムッシュー・ニコラ』やその他数点の本[1]に限って言えば、文学的な観点から斬新で、真実味があり、意義深く、十八世紀以降にまで生き残る価値がある。同時代のクレビヨンやネルシア[*43]の作品より、はるかに興味深い手法で十八世紀を表現しており、写実的であると同時に幻視的であり、まず何よりも、読む者の知的レベルの差によってそ

1 『堕落百姓』、『女堕落百姓』、『四十五歳の男の最後の情事』、『好色作家』、『ファンシェットの足』。このテーマに関しては、『国立図書館の地獄書庫』第二版におけるギョーム・アポリネールの長い注釈を読まれたい。

の価値が左右される作品である。

コデルロス・ド・ラクロ、[44] 及びバンジャマン・コンスタン、[45] セナンクール[46]

『危険な関係』の重要性に言及するのは余計なことに思える。これは雄《オス》の書物であり、のちにコンスタンや『オーベルマン』が表現することになる近代的な愛の先駆けである。そこには青春の物語に登場する若者とはまったく異なる愛が存在している。青春物の若者は、頑丈な肩をもち、額に苦悩の皺を刻んでいる。ところが『危険な関係』は、『ダフニス』の恋物語よりさらに深いところから発している。それは性のあらゆる特質を兼ね備えている。つまりは《雄《オス》の書物》なのだ。切りつめた言葉数で語調の力強さが伝わってくる。『ポルトガル尼僧の手紙』から派生した、この『危険な関係』こそは、性のあらゆる特質を表現した類い稀なる書物のひとつなのだ。そこには幼稚さなどこれっぽっちもないが、のちにセナンクールが幾分放埒に表現し、さらに『アドルフ』が男性的な苦悩をもって表現した、あの苦悶、あの不安がすでに描かれている。この《成熟した》文学は、私たちを取り巻く神秘の奥義を伝授されたかのように荘重なのである。私たちは聖書や福音書の遠く隔たった寓話に近づくよりも、この作品に接して、より大きな宗教的感情を覚えるのだ。

ミラボー[*47]

ミラボーの書物は囚人の気晴らしとして書かれたものである。俗悪でもったいぶったこれらの作品は、かなり低劣な猥本の部類に堕している。彼が作品を贈った愛人のソフィーは、ヴァランス夫人よりもパラティーヌ皇妃[*48]に似ていたらしい。『エロチカ・ビブリオン』は一種の性的精神障害の試論である。年代的な観点から見れば、この試論は興味深いが、精神的観点からすれば、エロティシズムよりわけが分からないような、伝説や猥褻に関する哲学趣味の衒学的な論文に過ぎない。しかし実を言えば、ミラボーの猥褻作品を厳しく断罪するのは、不当であるかもしれない。ここで問題となるのは、投獄された雄弁家にとっての、我が身の監禁の代償、脱出への要求なのである。すべてを同一平面に並べると、大きな間違いを犯す危険がある。そういうわけで、ミラボーの小説風の作品は、あらゆる欠点にもかかわらず、保留に値するのである。それは野卑な想像力と過激な気質の発露なのだ。手段のための作品であり、そのような分野から示された唯一の例である。

アンドレア・ド・ネルシア[49]

ネルシアの作品は全般的に優美で軽妙である。そこでは美的趣味に間違いはないものの、一方で高邁な目的というものがない。『取り憑かれた肉体』、『アフロディーテたち』、『フェリシア』の諸作は、十八世紀に流行った《瀟洒な部屋とマイセン焼の置物》風の様子を見事に表現した書物である。そうしたものを繰り返し表現するせいで、主人公たちが皆、型にはまってしまうのだ。彼らは皆、多少なりともマリヴォー[50]の登場人物に似ており、彼らに加え得る最大の批判というのが、重要な話題にくだらないたわ言を持ち込んでくるということだ。これらの書物から湧き上がる詩情は、ドラ[51]のそれといくらか類似しており、これらを読んでも、何ら教訓や不安をもたらしてくれないが、ある種の精神の快楽を感じ、この作家のしゃれた感覚を称賛したい気分になるのである。

ショワズール＝ムーズ伯爵夫人[52]作、『ジュリー、あるいは我れ薔薇を救いぬ』

これは恋の手練手管を初めて近代的に描いた小説である。そのため、この作品は本当に興味を引くものだ。しかもアポリネールが鍾愛した魅惑的な小説で、これが猥褻だという評価はほとんど根拠がない。作者は、おそらく同種の数々の魅惑的な小説でも名を知られた女性であるが、これが誰なのか本当のところは分からない。ともかく本書に科せられた発禁処分は、いかなる場合であれ、絶対に正当化され得ないものである。

この点については、『国立図書館の地獄書庫』第二版におけるギョーム・アポリネールの長い注釈を読まれたい。

第五章

D・A・F・ド・サド[53]

サド侯爵の伝説は最も悲愴なものに属する。私たちはこれに異議を唱えようとは思わない。ただ私たちは、今日までこの伝説の主人公を断罪するのに役立ってきた功利主義的思考の援用を一切取り払い、この伝説を独自に解釈する権利を自らに取って置こうと思う。サドという名前には同音異義語があるのだが、そこに含まれた作用が、無視された作品の名前に取って代わるべきだったのだ。ヴィヨンが《サディネ[54]》という言葉をどんな意味で用いたのか（『兜屋の美女の嘆き』を参照せよ）、この《サド》という語の形容詞に、どんな甘美な意味があるのかは、誰もが知っていたのだ。ところがサド侯爵が現れて以降、この甘美な意味の言葉が通常の語彙から消え去り、何人かの詩人たち（たとえば『カリグラム』を書いたアポリネール）によってしか用いられていない。今後この言葉は、『ジュスティーヌ』を書いた天才的な作者の名前と、その作者が熱心に描こうとした愛の諸形態とのみを表意するものとなるだろう。宗教の開祖によくあるように、難なく自分のものにするために何らかの広汎な理解力を要する教義を、彼の姓は、サドという響きの良い一音節のうちに要約してしまうほどに十分な効能を持っていたのだ。ジュール・ジャナン[*55]やその追随者による愚劣な言説によって、侯爵の真の相貌は覆い隠されていたわけだが、それを取り戻すべく専念したデューレン博士[*56]や多くの作家の仕事によって、今や完全に発見された侯爵の著作目録を、私たちは再びここで言及しようとは思わない。私たちにとっては、サドがほぼ確実に、バスティーユ占領の原因であったということに注目する方がなおさら興味を引くことであろう。この点に関しては、不思議なことに、すべてのロマン派作家の中でただ一人、ペトリュス・ボレル[*57]だけが彼に対して讃仰の念を抱いていたことを指摘しておこう。それについては、『マダム・ピュティファル』のなかで、彼に捧げられた二十行ほどの文章を読めば十分である。（フローベールの書簡にも、彼に対する称賛にあふれた文句が多数含まれている）。

しかしながら、ロマン派作家たちは、つまらないアンドレ・シェニエ[*58]の再評価を主張するほど、自分たちの祖先を見つけ出そうと腐心したわけだが、サドの思想を信奉することもできたはずなのである。

それというのも、サド侯爵の作品こそは、近代精神を具現した最初の哲学的宣言であるからだ。

現在の私たちのあらゆる渇望は、何よりもまず、サドが感覚的で理知的な生命を基礎として、そこへ完全な性的生命を付与した時に、初めて本質的に表明されたのである。今日私たちを揺り動かす愛、私たちの行為の口実として、私たちが自由にその権利を要求する愛は、最初の『ジュスティーヌ』以来、D・A・F・ド・サドが表明してきた愛と同じものであり、サドこそは、一方で『危険な関係』、ディドロの『修道女』、『ポルトガル尼僧の手紙』、他方では、ジャン＝ジャックの『告白』とともに、もっぱら愛を扱ったすべての作品（『アドルフ』、『オーベルマン』等からバレスに至るまで）の出発点を確立したのである。しかもその影響は、精神面のみならず形式面にまで及んでいる。サドの散文ほど現代的なものはない。彼の小説の概念は十九世紀のものであり、つまるところ、生に関する彼の理論は、一八三〇年代の若者が、文学などによって熱狂的に実践しようとしたものである。

エロティックな観点から、サドの作品は優れて知的な作品である。彼が色情狂であったとか、監獄内で肉体的生命の抑圧があったなど、創作欲を引き起こす動機がどうあったにせよ、彼の作品は完全に新しい宇宙の創造である。その作中人物が動きまわる国は、彼が生きたいと願っていたであろう国であり、女主人公《ヒロイン》たちの波乱に富んだ運命を、彼は当事者として語っているのである。そこでは、愛も、淫蕩も、罪も、真剣に考えられている。あの悲劇的なユーモアは、まだその定義は為されていないが、彼のうちにその最初の典型を見るのである。月並みな話題、取るに足らぬ人間、些末な行いなどは、モラリストどもを最も感動させる類いのものだが、もしボシュエ[*59]が、そうしたもの以外に感動し演説していたなら効果を上げ得ていたであろうような、あの威厳、あの荘重な調子をサドは決して失うことがない。

モラリストとしてのサドは、他のいかなるモラリストよりもモラリストである。彼の主人公はすべて、外面的な生と内面的な生を一致させる執念に取り憑かれており、愛と諸行為の連鎖に関する確固たる信念を持っている。美徳は、彼の筆によって滑稽に描かれるどころか、罪と全く同様、それ以上でも以下でもなく、讃美すべきものとして描かれる。この二つの概念は、神による教義とは全く別のところに存在する。主人公たちは、理想に向かって地上を飛び立ち、物事を治める救いの神《デウス・エクス・マキーナ》にほとんど満足しない。そして、彼らがコルネイユの作中人物よりもはるかに品位と《センス》をもって語ることが、一層私たちの心を打つのである。サドが目の前にある二つの理論のうちの一つを選択したことは間違いないが、いかなる時でも、彼は大仰な侮辱をもって作中人物の一人を打ちひしぐようなことはしない。

サド以前のエロティックな文学者はことごとく、あざけるような冷笑や、癇に障る懐疑主義や、ぞっとするような卑猥さで《あのこと》を思い描いたのに対し、サドは愛とその行為を無限の観点から考察するのである。彼の作品にはいかなる微笑もないが、時として、呪われたロマン主義者の悲劇的な笑いを思わせる、一種の悲愴な冷笑が見られる。罪や美徳に寄せる最大の信頼が、多くの《ロダン》*60や《ジュスティーヌ》や《ジュリエット》のような作中人物を活気づけるのである。彼の筆になる放蕩者《リベルタン》という言葉は、彼独自の感覚で精神の自由を表しており、サドはその作品のどんな箇所においても、同時代の作家たちが味気ない自作を潤色しようとして取り入れた、あのおぞましい懐疑心を介入させていない。卑猥であることに関して、彼の気質からこれほど遠いものはあるまい。彼はあらゆることを正確な用語で語るが、彼の貴族性がすべての言葉に威光を帯びさせるのである。淫蕩の描写において、彼は制限というものを一切知らない。彼はいかなる倒錯にも余すところなく正確な観察を残しており、その描写の一行たりとも低俗になったり、不適切になったりはしない。

D・A・F・ド・サドの隠蔽された影響は、すでに百五十年前から及んでいる。今後その影響は、公然と明るみのもとに発揚されていくだろう。それはギヨーム・アポリネールのおかげであり、彼は聖侯爵のうちに、彼を生涯駆り立てたあのモダニズムを見出すことを好んだ。アポリネールはまた、《ジュスティーヌ》のうちに昔の女性のイメージを、《ジュリエット》のうちに近代的女性を見ることを好み、自らの作品をまるごと捧げようとするほどに、このジュリエットに惚れ込んだのである。

今日においても、世間の連中はサドに対して遠慮なくわめき立てるが、道徳的法則と精神の自由の素晴らしい例示を好む人々によって、サドは永遠に称揚され続けるだろう。サドの生き方とその作品は、私たちが身をもって覚悟しなければならない、あの貴重な原理を明らかにする。同様にそのような理由で、サドは文学に属するというよりも、徳性の物語に属しており、小説家や注釈者といった下等な系列よりも、むしろ宗教の開祖たちの系列に位置を占めるのである。

第六章

十九世紀の諸作家

『ガミアニ』――『ロトの娘たち』

サドの作品は一般の文学と同様にエロティック文学を刷新した。しかしながら、この領域において、一八三〇年代の作家たちは、サドの悲劇的な面をことさら誇張した作品を書いたように思われる。これとは逆に、アルフレッド・ド・ミュッセ[*61]の『ガミアニ』は、猥褻にしてロマン主義的な唯一の真正な小説であり、カゾット[*62]の『悪魔の恋』が悪魔主義の作品であるという意味で、詩的な作品である。のちにギョーム・アポリネールが『一万一千本の鞭』を書いた時のように、アルフレッド・ド・ミュッセは、詩的な空想のおもむくままに筆を走らせている。同様に彼は、淫欲を目録化しようと、百科事典的な作品をつくることを試みたようである。この書物[1]の運命は数奇なものだった。五十年来、その本は数学専攻あるいは修辞学のクラスの机から机へと回し読みをされてきたのである。

ジョルジュ・サンドにそそのかされて書かれたことは確かで、無制限に奔放な作品でありながら、下品なところがない。女主人公《ヒロイン》の死で終わっているのだが、その痛ましい結末にもかかわらず、その調子は悲劇的ではない。サドに対抗したロマン主義者たちの仰々しい美文調が、この点に関する彼らの精神状態を物語っている。物語それ自体は彼らの怖れるものではないが、物語に真実味があることを彼らは避けたのである。というのも、愛の領域において、一八三〇年代の大多数の蓬髪の詩人たちは、ついに美辞麗句《レトリック》を取り除くまでに至らなかったからだ。この小説の他に、ミュッセはさらに『ロトの娘たち』という詩を書いている。これについては、ジョルジュ・サンドが最も猥褻な詩を書いた詩人に彼女の愛を約束したというのが確かな話らしい。ヴィクトル・ユゴーとミュッセがこれに応じて詩を作り、前者が『糞野郎』という題の詩で、後者が『ロトの娘たち』である。筆者はこの二つの詩篇の地下出版物を目にしたことがある。その序文には、先述した経過説明が書いてあり、ミュッセが勝利を獲得したと付け加えられている。筆者の記憶では、アレクサンドラン体で書かれたユゴーの詩の方が、その競争相手の詩よりもはるかに優れていたように思う。残念ながら、私たちはこれを二度と目にする機会がない。その代わり、『ロト

1　この本の初版はカラーの表紙で一八三五年刊行。稀覯本。筆者はその中の一冊しか見たことがない。

の娘たち』のテキストは多数残存している。やや長く、機知に富んだ、愉快な作品で、その評判で察せられるほどの猥褻さはほとんどない。

テオフィル・ゴーチェ[*63]

周知のように、テオフィル・ゴーチェは強靭な《豪傑》肌の人物であった。私たちは、ラブレーに対するロマン主義者たちの嗜好を常に不可解に思っている。バルザックならまだしも、ユゴーまでがそんな嗜好を持っているとは！　その原因は、自分たちの時代をルネサンスに比較する必要があったからであろうか？　いずれにせよ、バルザック（『風流滑稽譚』）を除いて、『パンタグリュエル』の作者ほど低俗に堕した作家はいないということに留意しておくべきだろう。ゴーチェにとっては、いささか事情が違ってくる。彼には、《血の滴るビーフステーキ》を好む、粗暴な生への愛があり、それが彼の目をくらませていたのである。ベルジュラ[*64]がその回想録で語っているように、テオフィル・ゴーチェは、その芸術上の血気を絶やさぬように、セーヌ河畔に出向いては洗濯婦たちに喧嘩を吹きかけたそうである。また彼自身も語っているが、生涯の一時期に、トローヌ門に出向いては石工たちと喧嘩をしたり、日に《六ポンド》の肉を食べて身体を鍛錬していたらしい。

彼の好色作品は二つある。すなわち『法院長夫人への手紙』と『全集に収録されなかった諸詩篇』だ。(全集とは、プーレ＝マラシによる版)。

『法院長夫人への手紙』は、純粋にスカトロジックな文学作品の唯一の典型例である。愛の表現もなければ、情熱も見られず、過度に《糞》が使用されるばかりである。この作品では、空想が大きな部分を占めていて、真実や本当らしさが、イメージを引き立てるためにないがしろにされている。作者はもっぱら笑わすことだけを追い求めているのだ。というのも、スタイルに魅力がないわけではないが、少なくとも下卑たことを書く大胆さを持った、へぼ作家の《猥本》に過ぎない。詩はどうかといえば、これも相当つまらない。最も良い詩といえば、『毛虱隊長の死、幽霊及び葬儀*65』であるが、これは学生たちの伝説的な愛唱歌になっている。

この詩篇は、その表現と想像力によって『髑髏の舞《ダンス・マカブル》』を思わせる悪夢のように悲壮な作品だ。おそらくテオフィル・ゴーチェの詩篇中、最高傑作のひとつであろう。

そこでは、性器が風景の大きさに、《虱の体》は人間の背丈に拡大されている。この詩を歌う人が気づいたに違いないほど、この相対性ははっと驚くような効果を生み出している。全文にわたって月並みな常套句が使用されているが、語の本来の意味を察するだけで、語句が強力に生き返っているのである。

ボードレール

アポリネールの『悪の華』への序文がある以上、近代的な愛におけるボードレールの役割を語るのは、ほとんど不可能である。その男性的な作品は、マルスリーヌ・デボルド＝ヴァルモール[*66]のいくつかの詩とともに、『危険な関係』や『アドルフ』に相応する唯一の詩作品だ。いかなる誇張も美辞麗句もないが、男性的で、伝わりやすく、真の感動をもたらし、それが『悪の華』の普及をあらゆる点で正当化するのである。懐疑論者はこれを嗤うかもしれないが、そうした連中は真の愛を決して知ることがなく、『秋の歌』や『恋人たちの死』を読んでも、深い感動を味わうことはないだろう。

詩的でエロティックな諸作品

十九世紀詩人の好色作品選集[*68]は、ギョーム・アポリネールが刊行したというより、むしろ彼の死後、彼の計画に基づいて刊行されたものである。出版者が付した愚劣で冗漫な前書きにもかかわらず、この書物は興味深いものである。特に『見知らぬ水夫』、『バッフォの甥の息子』、『テレーム神父』、『股袋の司教代理』といった匿名作者の詩篇や、あるいはフェルナン・フルーレ、アポリネール、グラティニーが作者と推定される偽名作品が収録されている。グラティニーの作品は評判ほどのものではない。それは、のちにロスタン[*67]が大当たりを取ったジャンルにおける駄作であり、ギョーム・アポリネールがこれを選んだというのは疑わしく思われる。

これらの他に、マラルメの有名な詩にある思いがけない言い回し、《悪魔に揺り動かされた黒人女》を挙げることも可能だろう。

メリメ

マチルド公爵夫人やサバティエ夫人に宛てたプロスペル・メリメの未発表書簡が、やはり国立図書館に所蔵されているのを私たちは知っている。その中には、スペイン王とその妻（ドイツのザクセン公の娘）との結婚初夜を、意図的に猥褻な筆致で、詳しく物語った二、三枚の手紙がある。これらは見過ごされていたに相違なく、そのせいで地獄書庫に押し込められずに済んだものだ。これらの手紙は、『コロンバ』の作者の相貌を明らかにする以外に、大して興味を引くものではない。

今日のエロティシズム

ザッヘル＝マゾッホ[*69]とその好敵手たち
エーメ・フォン・ロッド[*70]とその模倣者たち

マゾヒスティックな精神状態は、サディスティックな精神状態から直接生まれるわけではない。前者は後者の逆ではないのである。他人に加えられた現実の苦痛の中にあるサディスト的快楽は、耐え忍ぶ責め苦に相手が満足を覚えていると思った途端、減少するものである。[1] しかし、サドの影響と彼が描いた精神状態が、マゾヒズムの形成に寄与していることは否定できない。加虐者の精神状態は、被虐者のそれに影響を及ぼすのである。ジャン＝ジャック・ルソーが『告白』で、若い時に鞭打ちを受けて快楽を感じたと語っている一節を思い起こすのは、もはや陳腐でしかない。

このエロティシズムの知られざる形態を描いたのがザッヘル＝マゾッホであり、最近二十五年間におけるマゾヒズムのかなりの普及は、《ワンダ》[*71]の恋人の作品との関連なしには考えられない。その作品の重要性はかなりのものであり、サドを模倣したマゾッホの影響は、彼の名を知らぬ人々にまで深く及んでいる。そんなわけで、セギュール伯爵夫人が書いた（『ドラキン将軍』、『善良な小悪魔』）のような取るに足らぬ作品までが紛らわしいものになってしまい、ある宗教的教育家は、体罰に関する詳細かつ善意に満ちた描写が、子供の素行に悪い影響を及ぼすという理由で、夫人の作品を児童図書館から締め出したほどである。この事実を知りたければ、古本屋へ行って、これらの本に目を通すだけで十分だろう！　問題の箇所はページの隅が折られ、汚れて傷んでおり、時にはページ全体が引きちぎられている。

どんなミュージック・ホールでも、凜々しい男装の麗人が象徴的な鞭を振り回すという、エロティックな流行を忠実に反映した出しものを、レヴューに登場させるのではないだろうか？

1　ギョーム・アポリネール編のサド選集『ジュリエット』三十五頁参照。――大法官に答えて私は白状しました、「ひとりの女が私から憎悪と軽蔑ばかりを受けないようにするには、私の快楽を愛する素振りを見せるだけで十分なのです」。

エロティックな文学が風俗面にその影響を及ぼしているのは、こういった場所であり、文学は愛の諸形態を普及しこそすれ、決して発明するわけではなく、少なくとも定着化させるのである。

そのあらゆる独創性にもかかわらず、ザッヘル＝マゾッホは、聖侯爵なしに存在し得なかった。しかしこのような作品は、『ジュスティーヌ』の創造者をいたく悲しませるに相違ない。事実、サドは常に悪徳によって罪なき者を迫害させているのだ。サドの作品における拷問は、正義を遂行するためではなく、罪を行使するためのものだ。逆にマゾヒストの文学では、往々にして、悪徳を具現化する者が犠牲者である場合が多い。そのような悪徳者を実現可能な見返りもなく苦しめようとするには、サディズムを和らげなければならず、そうなるとサディズムは、『ベレニスの庭』（モーリス・バレス）で表現された倒錯行為のような、他愛ないサディズム文学という低劣な形式を帯びるのである。大変な量に及ぶザッヘル＝マゾッホの作品は、まだ全訳されるには至っていない。ザッヘル＝マゾッホの妻、ワンダの『日記』は、夫に対して反駁した極めて重要なものだ。[1]

夫に苦痛を与えるべく丹念に調教された尊大な女性、ワンダは、その『日記』に自らの愛情を綴っている。もちろん彼女は、完全な率直さをもって自らをさらけ出しているわけではない。心理学的上の仮面をかぶりながら、道徳的な苦悩を巧妙に描いているわけだが、やはり彼女の夫の愛の実態を真に知るためには、次のような意味ありげな表題の小説、『男を鞭打つ女たち』、『女帝ヴィーナス』、『毛皮を着たヴィーナス』、『サッフォーの上靴』、『黒い王妃』[2]を読まねばならないだろう。

すでにジル・ド・レのサディズムに没頭していたユイスマンスは、『スキーダムの聖女テレーズの生涯』において、特に至福の境地を知った者、一般的には殉教者たちのような、マゾヒストや神秘主義者たちの激しい欲望を正確に描写している。常識とはうらはらに、私たちは、この神秘主義のエロティックな面をもって、聖者たちを非難しようとは思わない。それどころか、私たちはそこに、彼らの理想主義の最も正当な根拠を見るのである。

しかしマゾッホが卓越しているのは、多くの点で、文学から脱していることにある。倒錯行為とは、彼にあっては、ほとんどすべての露出狂に似た人々と同様、二重の効果を生むのだ。自分の苦痛を語り公開することによって、さらに自分の苦痛を煽り立て、最も大きな幸福に達するというわけである。彼の作品が翻訳されると、ドイツでは新聞に大々的

1　妻の日記に対するザッヘル＝マゾッホの返答がある。それによると、再婚した彼女が、本の売り上げによって莫大な利益を得ようと、真実を粉飾したのは事実であるようだ。

2　カリントン社のリブレリー版。翻訳の正確さの観点から、ザッヘル・マゾッホの現在の翻訳者たちをあまり信用しない方がよいだろう。

に広告が出る一方、フランスでは《パリ・ギャラン》紙の小さな囲み記事でしか紹介されないという結果は、大いに興味の引くところである。

マゾッホの模倣から、風俗面への興味が多くを占める、あらゆる亜流の文学が生み出されている。アポリネールが協力したという先述した選集を軽視せずに評価することが重要であり、その中で最も興味深いのは、エーメ・フォン・ロッドのいくつかの小説である[1]。

彼の作品は、サドやマゾッホよりかなり劣ってはいるものの、想像以上に一般大衆に影響を及ぼしており、その読者は信じがたいほど多数に上っている。あまり精彩がない文体ではあるが、エーメ・フォン・ロッドもまたマゾヒストであるようだ。悲劇的な瞬間に、彼の文体は、その主題にぴったり当てはまる言い回しを使うのだ。作品の構想が好奇心をそそり、常に読者をどうにかして感動させるのだから不思議である。参考までに、ユーグ・ルベル、J・ド・バンドル、ジャン・ド・ヴィルガンといった作家を挙げておくが、これらはいずれもあまり面白くなく、ほとんど読むに値しない。

コレット*72

ロマン主義時代の若者は『フォーブラ騎士の恋』を読んでいたが、一九〇〇年代の若者は、『ガミアニ』や『ロトの娘たち』、そして『クロディーヌ』シリーズを秘密本として読んでいた。確かに私たちは、このソックスをはいた大柄な娘、クロディーヌを、三十五歳の男の目で眺めたりはしない。ちょうど女性やその打ち解けた身なりが、年齢差とは違う理由で私たちに訴えかけてくるのと同様に、彼女は私たちにとって、小娘の化身だったのだ。当時のムーラン＝ルージュの評判とか、日曜日の競馬からの帰りとか、フォリー＝ベルジェールやアンバサドゥール座の見世物に関する両親の秘密めいた噂話とか、そういったものと一緒に、彼女は私たちの想像力のなかを駆け巡っていたのだ。私たちは黄昏時、ブーローニュの森からの帰り道、マリニー大通りからほど遠くない、シャン・ゼリゼの緑の樹々を貫く白っぽい電灯の光に照らされた、あの神秘な場所を通り過ぎるたびに、彼女のことを思い浮かべたものである。熱に浮かされたような彼女の生活、ポレールとの関係、

1　サディエ・ブラッキーという仮名で、ピエール・マッコルランが、この種の一連の作品を書いたのは、よく知られているが、私たちはエーメ・フォン・ロッドの作品より劣っていると考えている。

ウィリーの言葉などが掲載された新聞の囲み記事が、学校の教室で回し読みされていた。そうして私たちは育っていったのだ。それとともに《クロディーヌ》は、コレット・ド・ジュヴネル夫人となり、上院議員夫人となり、ビュフォンやジョルジュ・サンドもどきの、大御所然とした、退屈な青踏派作家になってしまった。この変貌にうんざりしなかった者が私たちの中にいるだろうか？『フォーブラ』の懐疑主義を発見した時のデュマ・ペールの幻滅ぶりも、同様のものだったと察せられる。おそらくこの最初の幻滅から、私たちの世代を特徴づける、宿命の女《ファム・ファタル》への、あの灼けつくような欲望が生まれたのであろうし、私たちの踊り子が検事夫人になってしまったという事実から、おそらく私たちは、悔い改めた大戦前の社会が後にも先にも私たちに見せつけてきた、このようなもったいぶった女たちを、オペラの踊り子に変形してしまいたいという欲望を感じるのであろう。

ピエール・ルイス*73

高等な文学が通俗的な作品と同列に置かれるという、著作物の運命の驚くべき例が示されていなかったら、ピエール・ルイスのエロティシズムについて語ることは失笑を買うだけだろう。ともかくどんな誹謗中傷があろうと、ピエール・ルイスは凡俗な作家ではなく、彼の書くものはすべて、魅力的な感性を常に表している。前世紀末の詩人の中で、彼は決して低俗な仕事に手を染めず、常に品格ある姿勢を保ち続けた稀有な作家のひとりである。『アフロディテ』と『ビリチスの唄』は、十五年間にわたって、若者たちの想像力を熱く刺激し続けており、それらは現在でも、娼婦に関する最も明快な博識で構成されている。この事実は、おそらくルイスを不愉快にさせないだろう。彼の作品はすべて、愛における自由への呼びかけであり、当今最も美しい《文学的様式》のひとつである壮麗な文体で、激しくも気品ある淫蕩を表現したのである。娼家《メゾン・クローズ》を描いた本だからといって、顔をしかめる連中に、私たちは失笑を禁じ得ない。こうした作品にまったく感動を覚えたことがないとすれば、それは愛というものを根本的に分かっていないとみなすべきだろう。

ルイスの古代が、模造ブロンズで化粧漆喰の古代だと言う連中に対して、私たちは、古代など大して問題ではなく、ルイスのモダニズムこそ重要なのだと答えるだろう。彼の『アフロディテ』は、古代のチュニックを着た女というより、ある夕べ、私たちがシラノ[*74]で見かけた化粧した女のように見えるのだ。ピエール・ルイスのエロティシズムは、黄昏時、街灯の光に垣間見るエロティシズム、国際色豊かな港で思いを馳せるエロティシズム、水夫の居酒屋や紳士のバーで、おそらく現れ出るエロティシズム、そしてまた、波乱万丈の通俗小説の女主人公《ヒロイン》であると自分なりに思い込んでいる、あの女たちに対する情愛が、否応なく、常に私たちを駆り立てるようなエロティシズムである。たとえこれらの書物が、夕刻の通勤電車にいるタイピストの手にあったとしても、あるいは売春婦が眠るホテルの部屋のナイト・テーブルにあったとしても、『アフロディテ』と『ビリチスの唄』は、ヒロイックな意味あいで、愛の喚起と誘惑の力を決して失いはしないだろう。ルイスの他の本が精神の観点から優れているとしても、これらの本は感覚の観点から、いかなる馬鹿げた評価が加えられようが、その魅惑を保ち続けるだろう。

ギョーム・アポリネール[*75]

アポリネールの全作品はひとつの愛の証言である。私たちは、よく知られた彼の詩集(『カリグラム』、『アルコール』)や彼の小説(『虐殺された詩人』、『坐せる女』、『腐ってゆく魔術師』など)の中に、その証拠を読み取ろうとは思わない。というのも、彼は批評的手法では《珍書刊行会[*76]》の序文で、小説的手法では『一万一千本の鞭』と『若きドン・ジュアンの冒険』の二つの著作で、自らのエロティックな性向を公式に表現する才能を持ち合わせていたからである。

フランスではエロティックな文学史なるものは存在しない。ただアポリネールのみが、

《愛の名匠》叢書に主要な作家の抜粋を載せて、ひとつの総合的な作品に仕立て上げようと試みた。残念ながら、彼は『国立図書館の地獄書庫』の目録以外には、これら作品の全体計画を一切残さなかったので、この目録のみが、私たちの目に触れる公刊されたエロティック作品の、唯一の総合的分析の書となっている。この《愛の名匠》叢書の、少なくともアポリネールの生前に刊行されたものは、その多くの巻に彼自ら筆をとった序文が付いているので、大変興味深い。彼は、サドや、レチフや、ネルシアや、バッフォを、そのようにして白日のもとへ引っぱり出したのである。

サドに関して、アポリネールの働きは極めて重要だった。彼こそは、ジャナンの歪曲をものともせず、サドの真の相貌を見極め、彼に称賛を惜しまなかった最初のひとりだった。そのせいで彼は聖侯爵の影響を受けたわけだが、その影響は小説『一万一千本の鞭』に表われている。

サドが『ソドムの百二十日』で試みたことを真似て、アポリネールは、様々な愛の形態の正確なリストを作成しようと考えたようだ。彼のこの小説では、絶えず頭脳的な地平で物事が運び続けるので、卑しい素性の読者の股間を駆り立てる危険はない。極端な幻想場面の展開を通じ、称賛の意味合いをもって、主人公たちは、不潔でもなければ卑猥でもないスカトロジスト、サディスト、マゾヒスト、オナニスト、男色家、鞭打愛好者として、次々にその姿を現す。なかんずく鞭打愛好者が際立っている！　かくてパリからドイツ、セルビア、ロシアを経て旅順港へ至る、ヴィベスク公の抒情的な旅は、頑丈で熟し切った肉体に振り下ろされる鞭の鈍い響きをもって繰り広げられるのである。アポリネールは、鞭というものの本質的に近代的な役割を理解していたが故に、鞭をその小説の精密無比なアクセサリーにしていたように思われる。同様に彼は、サド以後に発達を遂げてきた唯一の愛の形態である、マゾヒズムを正確に描写している。しかしその調子は、サドほど重厚で悲愴なものではない。アポリネールは、この小説全体にわたってユーモアをまき散らしているが、彼こそは精神の領域にユーモアの侵入を認めた最初の人物であった。愛とユーモア、この二つの観点から、『一万一千本の鞭』は近代的な書物であり、『カリグラム』とともに、ギョーム・アポリネールの傑作であるといえるだろう。

その精神、その詩的天分以上に、彼は、恋する男としての本性に身を任せて『若きドン・ジュアンの冒険』[1]を書いたようだ。サドではなく、レチフに近いこの作品は、『一万一千本の鞭』ほど高い感動を呼び起こさない。そこには、高度な次元の思索が一切見られず、『告白』や『ムッシュー・ニコラ』の下絵の上に、愛の肉体的作用に関わる明快な上書きが施されたにすぎない。とはいうものの、同じ精神の自由がそこに表れており、愛の激情がいかなる形態を帯びようと、それなくしてはエロティックな作品が書けないような、あの男性的な面が特に見受けられるのである。

エロティシズムにおけるギョーム・アポリネールの作品は、最近二十年間で最も重要なものである。とはいえ、彼はエロティックな大作家として登場はしない。彼はポエジーで一層際立っているからだ。彼の影響は、あの近代精神の方向へ進む過程において、彼が引き起こしてきた推進力によって、おそらく明らかになってくるだろう。このため、彼の作品は極めて重要であるが、その本質的な価値としては、サドの諸作やバッフォの詩篇の下位、『ガミアニ』と同列に位置づけられるべきだろう。この序列は、私たちの意識では、決して彼を安く値踏みしたわけではないのである。

1　この本はドイツ語からの翻訳だったらしいが、そうであるにせよ、ギョーム・アポリネールがこれに夥しい加筆を施したのは言うまでもない。

＊1 **ジャック・ドゥーセ**　パリの有名な服飾デザイナーで文献・美術蒐集家（一八五三〜一九二九）。祖父から続くブティックにオートクチュール部門を開設、巨額の資産を背景に、前衛文学文献や絵画を蒐集する一流のディレッタントとして知られる。一九二〇年から、シュルレアリストたちのパトロン的存在となり、特にブルトンやアラゴンを前衛文学・芸術のアドバイザーとして雇い入れた（手紙によるアドバイスや状況報告書の提出によって給与支給）。本書の論文に対しても、おそらくデスノスに謝金が支払われたものと察せられる。ドゥーセは、ブルトンの奨めにより、当時無名だったピカソの「アヴィニヨンの娘たち」やドラン、さらには無名のエルンストやデュシャン等を購入するなど、その文献や絵画のコレクションは膨大な数にのぼり、没後、ジャック・ドゥーセ文学図書室として一般公開された。二〇一六年、ガリマールから、ジャック・ドゥーセ宛アンドレ・ブルトン書簡集（一九二〇〜二六）が刊行され、アドバイザーとしての仕事の全貌を知ることができる。

＊2 **『国立図書館の地獄書庫』**　ギョーム・アポリネール、ルイ・ペルソー、フェルナン・フリューレの三人の合著で、副題に「この名高いコレクションを構成する全作品の批評及び体系的書誌」と冠され、一九一九年にパリで刊行された。ここに言うフランス語の地獄（enfer）とは、風俗壊乱の恐れがある書を置く、一般閲覧禁止の書棚のことで、古くは中世に異端とされた書物を教会の地獄という名の書庫へ押収保管されたことから由来する。アポリネールはパリ国立図書館に眠っている数百年来の地獄書庫をしらみつぶしに調べ上げ、サドの最初の『美徳の不幸』未発表原稿など、数々のエロティック文学を発見、九三〇冊にのぼる禁断の書を書誌としてまとめあげた。

＊3 **プーレ゠マラシ**　フランスの出版人（一八二五〜七八）。『悪の華』初版を刊行して有罪となったこと

で知られる他、風紀紊乱の罪に抗しながら、確たる審美眼で数々のスキャンダラスな傑作を世に送り出した。『悪の華』有罪後、官憲の目が厳しくなり、一度倒産してブリュッセルに退避したが、晩年、再びパリに戻るや、序文と注釈を付して古来の珍書稀覯本を次々に翻刻した。その主なものに、『草創から今日までのフランス本』（一八七五）、『アリステネースの艶書』（一八七六）などがあり、本文に言う目録とは、こうした翻刻版のカタログを指すものと思われる。

*4 **ルキアノス**　ローマ帝政期のギリシアの風刺作家（一二〇頃〜一八〇頃）。当時の世相を風刺した対話形式の作品で知られる。その作品の一つである『遊女たちの対話』は、ピエール・ルイスが仏訳している。

*5 **ロンゴス**　唯一『ダフニスとクロエ』の作者として知られた二〜三世紀のギリシアの作家。この物語はレスボス島を舞台に、少年少女が幾多の苦難の末に結ばれるという牧歌的な恋物語。

*6 **ベルナルダン・ド・サン＝ピエール**　フランスの作家（一七三七〜一八一四）。モーリシャス諸島を舞台に自然と純愛を描いた小説『ポールとヴィルジニー』（一七八七）は、ロマン主義の先駆とされる純愛悲恋小説。

*7 **コレット・ウィリー**　*72参照。

*8 **ペトロニウス**　古代ローマの作家（?〜六六）。皇帝ネロに寵愛されたが、陰謀事件に連座して死を命じられた。悪漢小説（ピトレスク）『サテュリコン』は、古代ローマの卑猥で頽唐たる風俗を描出したことで知られる。本文のカラカラ帝は、ネロ帝との勘違いであろう。

*9 **ジル・ド・レ**　百年戦争期のフランスの貴族・軍人（一四〇五?〜一四四〇）。ジャンヌ・ダルクに協力して武功を挙げ、元帥に列せられたが、ジャンヌ処刑後はブルターニュの居城に籠り、黒魔術などの悪魔礼拝に耽溺、数千とも言われる幼児を誘拐して性的な虐殺を行っていたことで火刑に処せられた。ペローの童話に登場する殺人鬼、青髭はジルがモデルと言われている。

*10 **スエトニウス**　古代ローマの政治家、歴史家（七〇頃〜一三〇頃）。カエサルからドミティアヌスまで、十二代に亙る逸話集『ローマ皇帝伝』で有名。

*11 **アプレイウス**　二世紀ローマの哲学者、散文作家。その代表作『変身（メタモルフォセス）』（通称『黄金の驢馬』）は古典ラテン語で書かれた現存する最古の小説で、この作品が秘教哲学に基礎を置

いた錬金術的作品であると、デスノスがすでに見抜いていたことは特筆に値する。

＊12 **ブラントーム**　フランスの回想録作家（一五四〇？〜一六一四）。ヨーロッパ諸国を放浪、各地の見聞をもとに膨大な量の回想録を書き残した。最も有名な『好色女傑伝』は、性的に奔放であったルネサンス末期の貴婦人たちにまつわる生々しい逸話集である。

＊13 **『新百物語』**　フランス中世の作家アントワーヌ・ド・ラ・サール（一三八〇〜一四六〇）編纂の滑稽譚集で、三十三人の著者による短いコントが集められている。

＊14 **ルイ十一世**　（一四二三〜八三）フランス・ヴァロワ朝の王（在位・一四六一〜八三）。国内の敵対勢力を一掃し諸侯を制圧、その冷徹な陰謀術策によって〈偏在する蜘蛛〉とあだ名された。一方で、道路治安の確保や印刷技術の導入等、王権の支配基盤を固めた。

＊15 **ポッジョ・ブラッチョリーニ**　ルネサンス期イタリアの人文主義者（一三八〇〜一四五九）。ルクレティウスをはじめ、古代ラテン語文献を多数発掘・紹介したことで知られ、数多くの哲学的対話篇や道徳論を発表する一方で、当時、民間に広まった面白おかしい逸話を集成した『滑稽譚集』（一四三八〜五二）を書き上げた。

＊16 **アウルス・ゲッリウス**　古代ローマの著作家、文法学者（一二五？〜一八〇以降）。広範な文献を渉猟した逸話・随筆集『アッティカの夜』で知られる。

＊17 **『薔薇物語』**　十三世紀フランスの寓意詩の最高傑作。二部から成り、第一部はギョーム＝ド＝ロリス作、第二部は彼の死後四十年を経て、ジャン・ド・マンによって書かれた。特に第二部は、愛欲的恋愛観が社会批評を交えて展開され、その合理主義的精神に近代的知性が感じられる。

＊18 **『エプタメロン』**　フランスのナヴァル王妃、マルグリット・ド・ナヴァルの七十二篇の短篇から成る物語集。一五五九年刊。『デカメロン』の形式を模して、十人の男女が毎日一つずつ愛の実話を披露し、一つ聞き終わると各人が感想を述べ意見を戦わせるという構成。別名『七日物語』。

＊19 **マドレーヌ・ド・スキュデリー**　十七世紀フランスの女流作家。劇作家ジョルジュ・ド・スキュデリーの妹（一六〇七〜一七〇一）。数々の小説を発表、なかでも美貌と知性と優雅さを併せ持つヒロイン、クレリーの恋愛を描いた小説『クレリー』は一世を風靡した。

＊20 **バヴァリア王**　ルートヴィヒ二世のこと。神話に魅了され、建築と音楽に破滅的浪費を繰り返した〈狂王〉の異名で知られる。ヴィスコンティの映画で特に有名。

＊21 **フランソワ・ラブレー**　ルネサンス期フランスの物語作家（一四九四頃〜一五五三頃）。教会を風刺し、中世の巨人伝説に取材した騎士道物語のパロディ『ガルガンチュア』と続篇の『パンタグリュエル』で知られる。

＊22 **『デカメロン』**　中世イタリアの作家、ジョバンニ・ボッカチオの短篇物語集。十人の男女が一日一話を十日にわたり順番に物語る体裁で百篇を収録。あらゆる階層の人物を登場させ、当時の社会を活写した。別名『十日物語』。

＊23 **ピエトロ・アレティーノ**　ルネサンス期イタリアの作家、詩人（一四九二〜一五五六）。孤児院で生まれるが、持ち前の文才と世渡り上手で、文人として有力貴族を後ろ盾とするまでに出世し、ヴェネチアを根拠地として、当時の権力者や政治家の依頼に応じて、あらゆる著名人を激しく誹謗する文書をまき散らす一方、相手が金さえ貢げば、極端な阿諛追従の称賛文を草するというやり方で、富と名声を築き上げた。歴史家のブルクハルトが彼のことを〈近代最大の毒舌家〉と称した所以である。デスノスが指摘するように、数多くの卑猥な詩を残す一方、当時からポルノグラフィックで露骨な性描写で悪評高かった作品『ラジオナメンティ、女のおしゃべり』が有名である。他に喜劇や悲劇、書簡集などで知られ、アポリネールは《愛の名匠》叢書に彼を加えている。

＊24 **ピエール・ド・ロンサール**　ルネサンス期フランスの詩人（一五二四〜八五）。フランス詩の革新を目指すプレイヤード派の頭目として、詩語を洗練、ソネットやオードの詩型を完成させた。詩人の情熱を率直に吐露したソネット集『恋愛詩集』（一五五二〜七八）が特に有名。

＊25 **マテュラン・レニエ**　フランスの風刺詩人（一五七三〜一六一三）。その放蕩ぶりと自由闊達、奔放不羈、情熱的な詩風は、ヴィヨンとヴェルレーヌの中間に位置すると言われる。『風刺詩集』で有名。

＊26 **ラ・フォンテーヌ**　十七世紀フランスの詩人（一六二一〜九五）。イソップ物語を基にした寓話詩でもっぱら知られるが、一方でデスノスが言及している『コント』も、艶笑譚の短篇集として有名。

＊27 **ビュシー＝ラビュタン**　正式名はロジェ・ド・ラビュタン又はビュシー伯爵。十七世紀フランスの名門

貴族で作家（一六一八〜九三）。軍人を退役後、一六六〇年に執筆した小説『ゴールの艶聞』で、宮廷内の最上流夫人たちの不義密通をほのめかす内容によって、スキャンダルを巻き起こし、投獄されたのち、追放された。従妹のセヴィニェ夫人に比肩する書簡集として、没後に『回想録』（一六九六）が刊行された。

＊28 **『騎士道物語』** 中世ヨーロッパで発展した騎士道と貴女崇拝をテーマとした物語文学の総称。アーサー王と円卓の騎士が代表例であるが、美しい貴婦人を救うために強大な敵を倒すという恋愛ロマンスが一般的。

＊29 **オノレ・デュルフェ** 南フランスの作家（一五六七〜一六二五）。田園詩『シレーヌ』の他、韻文で書かれた長大な牧歌物語『アストレ』五部作（一六〇七〜二七）で知られる。これは愛する女性アストレに、あくまでも忠実なセラドンの恋を描いたもので、恋愛心理の分析において、同時代の文学や感受性に大きな影響を与えた。二〇一〇年に逝去したエリック・ロメールの遺作となった映画『我が至上の愛〜アストレとセラドン』（二〇〇七）の原作でもある。

＊30 **『恋愛地図』** *Carte du Tendre* マドレーヌ・ド・スキュデリー作『クレリー』第二巻に収録された想像上の愛の寓意地図。「情愛の町」、「恋文の村」、「薄情の湖」などの地名があり、様々なルートで愛の変遷をたどるように作られていて、当時の文学サロンで恋愛論争を巻き起こした。『クレリー』は、発表時の十七世紀後半から十九世紀にかけてフランスで非常によく読まれた作品。

＊31 **『ポルトガル尼僧の手紙』** 別名『ぽるとがる文』。ポルトガルのフランシスコ会修道女マリアナ・アルコフォラード（一六四〇〜一七二三）が、ベージャの修道院から、一六六七年十二月〜六八年六月にかけて、ポルトガルに駐屯したフランス軍士官シャミリー伯に宛てた五通の恋文で、一六六九年にフランス語に訳され、パリで出版された。自筆原稿は残存していない。世界文学史上、恋愛書簡文学の白眉と言われ、アンドレ・ブルトンの愛読書の一つでもある。

＊32 **『フォーブラ騎士の恋』** フランスの作家、ジャン＝バプティスト・ルーヴェ・ド・クーヴレ（一七六〇〜九七）の著名な回想的小説で、一七八七〜九〇年まで三部作としてパリで刊行された。主人公の才気あふれる美少年、フォーブラの恋愛遍歴を物語った大長編小説で、十八世紀風の頽廃的な風

俗描写とともに、十九世紀末まで幾度も版を重ね、一般読者に長らく人気を博した。

＊33 **ジョルジオ・バッフォ**　十八世紀ヴェネチア共和国の詩人、行政官（一六九四〜一七六八）。典雅で抒情的でありつつ、ヴェネチアの方言を使った淫蕩な詩で知られ、一七七一年に詩集、一七八七年に全集が出、その約百年後の一八八四年に仏訳版が刊行され、アポリネールの詩風に少なからず影響を与えた。本文に書かれているとおり、アポリネールが《愛の名匠》叢書に彼を紹介し、知られるようになった。

＊34 **《愛の名匠》叢書**　*l'édition des Maîtres de l'Amour* アポリネールその他の監修のもと、パリの「珍書刊行会」により、一九〇九年から、サドを皮切りに、バッフォやアレティーノなど、これまで埋もれていた多数の好色文学作品をシリーズで刊行、アポリネール没後も、彼の遺志を継いで一九三〇年代まで刊行され続けた。叢書には、「愛を扱った古代及び近代文学における最も異色ある唯一の作品選集」と銘打たれ、アポリネールのかなり詳しい序文と注釈が付されている。特に第一巻『サド作品集』は当時として画期的な紹介であり、アポリネールの序文は出色のものである。

＊35 **アレクシス・ピロン**　フランスの詩人、劇作家（一六八九〜一七七三）。オペラ・コミックの台本作家として有名。

＊36 **クレビヨン・フィス**　フランスの小説家（一七〇七〜七七）。劇作家プロスペル・クレビヨンの息子として、通称クレビヨン・フィスと呼ばれる。父と異なり、好色小説を多く手がけた。風俗描写と恋愛心理の追求に長けたが、作品中で実在人物を露骨に誹謗して投獄されたり、国王ルイ十五世を戯画化したと見なされ、ポンパドゥール夫人の寵を失い、英国へ国外追放に処されたこともある。卑猥で不道徳な題材を扱うにもかかわらず、帰仏後、皮肉にも出版検閲官に任じられたりした。作品の多くは東洋を背景としており、代表作に『ソファ』（一七四二）がある。

＊37 **『足をひきずった悪魔』**　*Le Diable Boiteux.* 別名『びっこの悪魔』。フランスの作家アラン＝ルネ・ルサージュ（一六六八〜一七四七）作で、淫欲の悪魔的人物を素材にした小説。一七〇七年刊。

＊38 **ジャコモ・カサノヴァ**　ヴェネチア出身の策士にして作家（一七二五〜九八）。自らド・サンガル騎士と称し、全ヨーロッパを股にかけ、驚くべき恋愛と冒険の行脚を続けた。七十二歳でフランス語で

筆を執った自伝『我が生涯の物語』（邦題『カサノヴァ回想録』）は十二巻に及ぶ大冊で、性的描写が多く含まれているため、後世においてもたびたび発禁に処されたが、本書によれば、その生涯（四十九歳までの回想であるが）に千人に及ぶ女性とベッドを共にしたという。この回想録は、ライプチヒのブロックハウス社によって、一八二六年から十二年間にわたって出版されたが、本文にもあるとおり、元原稿に何人かの手が加わったものである。（一九六〇年に初めて自筆原稿が日の目を見て、現在はその翻訳が出版されている）。

*39 現在はフランス国立図書館が所蔵している。

*40 **レチフ・ド・ラ・ブルトンヌ**　フランスの作家（一七三四〜一八〇六）。サド、ラクロとともに十八世紀フランス文学の破廉恥三人組の一人。出世作となった小説『堕落百姓』で作家的地位を確立、『パリの夜』や膨大な自伝小説『ムッシュー・ニコラ』（一七九四〜九七）など、生涯で二五〇巻に上る作品を書き上げた。その細密な現実描写によって「下水のルソー」とも「陋巷のバルザック」とも称されたが、ネルヴァルなどが早くから評価しているように、幻視者としての近代的な特徴を備えた作家として、近年は、ほぼ正当に評価されるに至った。サドとは犬猿の仲で、『ジュスティーヌ』に対抗して書いた作品『アンチ・ジュスティーヌ』がある。作中の随所に見られる女性の脚と靴への偏愛と執着は、文学におけるフェティシズムの典型例として有名で、これについては、『ムッシュー・ニコラ』を訳した生田耕作のエッセイ「レチフと靴フェティシズム」に詳しい。

*41 **ヴァランス夫人**　孤児のルソーが十五歳の時に寄寓した家の貴婦人。彼女は当時二十九歳。ルソーの青春期における永遠の女性で、性の手ほどきを受けた年上の愛人。

*42 **パランゴン夫人**　レチフが生涯にただ一人愛したと告白する理想の女性、コレット・パランゴン。レチフは、母親ほど年齢が違うこの人妻を、少年時代から生涯、憧憬の対象として愛した。彼の女性観は、彼女に似ているかどうかが基準となっており、特に、彼女の綺麗で小さな足が、靴フェティシストとしてのレチフを燃え上がらせたという。

*43 **ネルシア**　*49参照

*44 **コデルロス・ド・ラクロ**　フランスの砲兵士官で作家（一七四一〜一八〇三）。数々の政治論や風刺詩を発表したが、唯一、小説『危険な関係』（一七八二）のみが後世まで傑作として読み継がれた。同

作は、ロジェ・ヴァディムをはじめ、近年まで幾度も映画化されている。

*45 **バンジャマン・コンスタン**　フランスの小説家、思想家、政治家（一七六七～一八三〇）。自由主義思想家として、政治評論などの執筆や政治活動を行ったが、フランス・ロマン主義を代表する一人として知られ、とりわけ恋愛心理主義小説の先駆けと言われる『アドルフ』で名高い。同作は、アンドレ・ブルトンの愛読書のひとつでもある。

*46 **エティエンヌ・ピヴェール・ド・セナンクール**　ルソーの影響を受けた思想家であると同時に、フランス・ロマン主義の先駆的作家（一七七〇～一八四六）。代表作として、青年の苦悩をテーマにした書簡体の自伝的長篇小説『オーベルマン』（一八〇四）があり、ゲーテの『若きウェルテルの悩み』に匹敵するベストセラーになった。

*47 **ミラボー**　フランスの政治家、自由主義貴族（一七四七～九一）。革命初期の中心的指導者として著名だが、一方で放蕩による借金を抱え、債権者から逃れるため、父により数度にわたってヴァンセンヌの城に下獄（サドと同時期に収監され、記録によれば、二人は悪態を吐いて大喧嘩したらしい）、無聊を慰めるため、獄内で数々の政治論や史論の他、本文にあるとおり、『エロチカ・ビブリオン』をはじめ、『フランスの伊達男』、『快楽の年齢』、『坊主を追う犬』、『開いたカーテン』（邦題『肉体の扉』）など、多数の好色小説を書き残した。この他、駆け落ちまでして愛し合ったモニエ侯爵夫人ソフィーと獄中で愛の往復書簡を交わすが、これらは官憲の保管するところとなり、没後の一七九二年、『ソフィーとの手紙』と題されて刊行されている。

*48 **パラティーヌ皇妃**　オルレアン公フィリップ二世の二番目の妃（一六五二～一七二二）。正式名は、エリザベート・シャルロット・ド・バヴィエール。多くの書簡を残しており、非常に理知的で男まさりな女性として知られる。

*49 **アンドレ＝ロベール・アンドレア・ド・ネルシア**　十八世紀フランスの好色作家（一七三九～一八〇〇）。本文にあるとおり、『フェリシア、私の愚行録』（一七七五）を代表作として、『ある美女の二十年の生活』（邦訳『美女ジュリアの手記』）など、数々の猥褻なポルノグラフィ作品を発表、それらは長らく禁書扱いにされていたが、二十世紀初頭にアポリネールが再発見し、《愛の名匠》叢書に加えられ、日の目を見た。

＊50 **マリヴォー**　フランスの劇作家・小説家（一六八八〜一七六三）。女性における恋愛心理分析を特徴とする喜劇を多数発表、代表作に『愛と偶然の戯れ』がある。

＊51 **ジャン・ドラ**　十六世紀フランスの詩人、人文学者、古代ギリシア文学研究家（一五〇八〜八八）。ロンサールの師であり、弟子たちが編んだ詩集『ポエマータ』（一五八六）で知られる。

＊52 **ショワズール＝ムーズ伯爵夫人**　［十九世紀の初頭に現れた好色小説作家の一人という以外に不明。（こういう作家の代表はほかにもキュイザンがいる。）彼女（?）の作品はいずれも匿名で出ているが、ほぼ次のようなものが彼女の作ということになっている。『たそがれ』（一八〇八）『恋と栄光あるいはC＊＊騎士の色事といくさの冒険』（一八一七）『シャラントンの恋人たち』（一八一八）『パリあるいは女の天国』（一八二二）。デスノスが取上げているアポリネエルの愛読書という『ジュリイ……』（一八〇八）は、ショワズウル・ムウズの作と言伝えられているが、本当の作者はギュイヨ夫人という女流作家で、従来から露骨なレスビヤン・ラヴの作者として有名である。一八二八年八月五日付で禁書のリストに加えられた。］（以上は澁澤龍彦の訳注。引用の根拠については本書の訳者解説を参照されたい）。

＊53 **ドナティアン・アルフォンス・フランソア・ド・サド**　フランスの貴族、作家（一七四〇〜一八一四）。バスティーユやヴァンセンヌなどの牢獄や精神病院で通算約三十年、生涯の大半を独房で過ごし、そこで、膨大な作品群『ジュスティーヌあるいは美徳の不幸』『ジュリエット物語あるいは悪徳の栄え』『閨房哲学』『ソドムの百二十日』などが書かれた。しかし十九世紀の間、不当に評価・忌避され、根も葉もない数々の変態・猟奇伝説がサドを貶めてきたが、二十世紀に入った一九〇九年、《愛の名匠》叢書第一巻「サド作品集」でアポリネールが書いた序文が、正当な評価の嚆矢となり、「かつて存在した最も自由な精神」としてシュルレアリストが最大の讃辞を捧げた他、モーリス・エーヌ、続いてジルベール・レリーの綿密な研究によって、完全に猟奇的伝説が払拭され、正当に評価されるに至った。ちなみに、本書序文の執筆者、アニー・ル・ブランは、J・J・ポーヴェール社版「サド全集」を監修、序文を書き、現代フランスのサドに関する第一人者として知られる。

＊54 **サディネ**　sadinet は古い俗語で、「愛らしいもの、

味のあるもの」の意。十五世紀の放蕩無頼の詩人フランソワ・ヴィヨン（一四三一～六三?）が三十歳頃に書いた長詩『兜屋の美女の嘆き』第七節に、この語の使用例がある。この詩は別名『老女の繰言』とも言われ、兜屋の老女が美しかった若き日を偲び、老いの嘆きをかこつ歌である。第七節を訳すと、次のとおりであり、傍点箇所がsadinet

ほっそりとした華奢な肩
細長い腕に　かわいらしい手指
こぢんまりした乳房に　ふくよかなお尻が
ぽってりと盛り上がり
愛の褥の相手には最高よ
幅広い臀部に
閉じられたむっちりした太腿のあわいに
ほの見える柔らかな樹々の小庭は
かの味なものなりしや

*55 **ジュール・ジャナン**　フランスの批評家、小説家（一八〇四～七四）。一八二九年から亡くなるまでの四十五年間、「ジュルナール・デ・デバ」誌上で連載した劇評で名声を博し、批評界の大御所的存在となったが、その批評は表面的で奇を衒うものが多い。特に一八三四年「パリ評論」紙上に発表したサド論は、サドを〈血まみれの冒瀆者〉、〈生体解剖者〉、〈悪魔を煽動する怪物〉などと書き立て、これが二十世紀まで残存した、根も葉もないサド伝説の発端となった。

*56 **デューレン博士**　ドイツの皮膚科学者イヴァン・ブロッホ（一八七二～一九二二）の変名。マグヌス・ヒシュトフェルトと共に性科学を提唱、史上初の性科学者とも呼ばれた。一八九九年、ベルリンで『サド侯爵、その生涯と業績』を発表した他、紛失したと信じられてきたサドの『ソドムの百二十日』の手稿を発見し、オイゲン・デューレンという筆名で、一九〇四年に『サド侯爵新研究』を発表、同作を紹介・分析し、医学的調査とともに文献的研究に大きく貢献した。

*57 **ペトリュス・ボレル**　フランスの詩人、小説家（一八〇九～五九）。自らリカントロープ（狼人）と称し、ロマン派の中で最も過激な芸術至上主義者として、詩集『ラプソディ』でデビューしたが、後年高く評価された『シャンパヴェール』、『マダム・ピュティファル』等の小説は当時酷評されたため、生活に困窮し、のちにゴーチェの紹介でアルジェリアに職を求めるも、現地で窮死した〈呪

われた詩人〉であった。彼の存在は、後年ブルトンが『黒いユーモア選集』で紹介して日の目を見たが、彼こそはサドを「殉教者、フランスの栄光」と讃え、最も早くサドを評価した人物だった。

*58 **アンドレ・シェニエ**　フランスの詩人（一七六二～九四）。革命の恐怖政治に断頭台の露と消えたが、優美でメランコリックな詩風で、後年、フランス・ロマン主義の先駆的詩人と位置づけられた。

*59 **ジャック＝ベニーニュ・ボシュエ**　フランスのカトリック司教・神学者（一六二七～一七〇四）。ルイ十四世の宮廷説教師でもあり、その雄弁で荘重な説教と演説は特に有名。

*60 **ロダン**　『美徳の不幸』、『新ジュスティーヌ』に登場する悪徳外科医。若い女の生体解剖を趣味とする。

*61 **アルフレッド・ド・ミュッセ**　フランスのロマン派詩人・作家（一八一〇～五七）。小説『ガミアニあるいは蕩尽の二夜』（一八三三）は、好色小説の古典として名高い。ベルギーのブリュッセルで匿名により秘密出版されるや、たちまち評判となった。本文で触れられた『ロトの娘たち』は一八四九年に発表された詩篇。

*62 **ジャック・カゾット**　フランスの作家、神秘思想家（一七一九～九二）。代表作『悪魔の恋』（一七七二）は、主人公が悪魔を召喚する奇怪な小説で、ヘブライの神秘哲学カバラに影響を受けたオカルティズム文学の傑作として知られる。反革命分子として断頭台の露と消えたが、一八一七年に全集が刊行され、これに基づき、ネルヴァルが『幻視者たち』で彼を紹介・評価し、ロマン主義の先駆者として知られるようになった。

*63 **テオフィル・ゴーチェ**　フランスの詩人、作家（一八一一～七二）。ロマン派の闘将として活躍、『モーパン嬢』など多数の幻想的な作品や戯曲、詩集、評論など多芸多才で、『悪の華』に献辞者として彼の名が冠されたことでも知られる。

*64 **エミール・ベルジュラ**　フランスの詩人、劇作家（一八四五～一九二三）。ゴーチェの娘であるエステルの夫。ゴーチェの秘書役を務め、回想録を残している。

*65 デスノスの原文では、*L'Apparition, la vie et les aventures du capitaine Morpion.*『幽霊、毛虱隊長の生と冒険』となっているが、正しくは、*La mort, l'apparition et les obsèques du capitaine Morpion.*『毛虱隊長の死、幽霊及び葬儀』。この詩は、一八六四年、プーレ・マラシが編んで、ブリュッセルから公刊

された『十九世紀風刺詩華集』に収録されており、本文で絶讃されているので、次に訳詩を紹介しておこう（澁澤龍彦の訳を若干修正）。

屈強な虱が十万匹
楯もち兜かぶり
小高い丘に陣どって
同数の毛虱軍と対戦した

垢をうろこ状にして鎧をつくり
威張って着ていた毛虱隊長
槍の穂先にあえなく突かれ
女陰のほとりにどうと倒れた

悲嘆に暮れた部下たちが
せめて墓など建ててやろうと
七日七晩、隊長の遺骸を探したが……
底なし穴に落ちた死体は戻らない！

ある夜、精液と小便にまみれた
窪地のほとりに
一本の陰毛にまたがった
素っ裸の幽霊が現れた

これこそは隊長の亡霊だ
痩せた体には虫がいっぱい
何しろ埋葬をされなかったものだから
腐ったチーズの臭いがぷんぷん

墓がないぞと、うらめしそうに
ぶつぶつ嘆く亡霊を目の当たりにして
毛虱たちは誓いを立てた
きっと立派な墓を建てて進ぜましょうと

名誉の勲章がぴかぴか光る
布で柩を包んでやった
まるで陸軍大将か
国民軍兵士の葬列のように

隊長の馬も葬列に従った
四匹の毛虱が、スペインの大貴族みたいに
眼に涙を浮かべ、腕に喪章をつけ
棺衣の四隅をしっかり持った

こうして墓石が建てられ
こんな墓碑銘が刻まれた

「誉れ高きいくさに雄々しく斃れた
　勇敢なる毛虱隊長ここに眠る」と

＊66 **マルスリーヌ・デボルド＝ヴァルモール**　フランスのロマン派女性詩人（一七八六～一八五九）。幼児期にフランス革命下で生活が破綻し、母も病死、生計のため、舞台女優になるが成功せず、後に二流の俳優を夫とするも、生涯、生活に苦しみながら、哀切な愛の詩を書き続けた。生前、ほとんど知られることはなかったが、一八六二年、ボードレールが彼女を高く評価したことで読まれるようになり、一八八四年、ヴェルレーヌが編んだ「呪われた詩人」のアンソロジーに唯一女性詩人として収録された。

＊67 **エドモン・ロスタン**　フランスの韻文の劇作家（一八六八～一九一八）。戯曲『シラノ・ド・ベルジュラック』で大当たりを取った。

＊68 ＊34に言及したとおり、アポリネール選《愛の名匠》叢書は、第一巻のサドから始まったわけだが、十九世紀詩人については、本文の指摘のとおり、アポリネールの死後に刊行されている。

＊69 **ザッヘル＝マゾッホ**　オーストリアの小説家、貴族（一八三六～九五）。代表作『毛皮を着たヴィーナス』（一八七一）は、主人公の青年貴族が貴婦人ワンダに絶対的に隷従する旨の契約書を彼女と交わし、そこに第三者の美男子を介入させて、主人公の倒錯した快楽と苦痛を描いた小説。これにより一躍文名を高めたが、実生活においても、結婚相手を貴婦人ワンダに仕立て上げ、小説の現実化に打ち込んだことで知られ、死後、その性的奇行が心理学者の注目するところとなり、《マゾヒズム》と命名された。本文にあるとおり、短篇集『残酷な女たち』など多数の小説がある。

＊70 **エーメ・フォン・ロッド**　一九〇七～一五年までフランスで作品を発表した匿名作家。生没年不詳。彼の数々の作品は、本文にあるとおり多数の読者を獲得し、一九三〇年代まで版を重ねた。

＊71 **ワンダ**　本名はアウローラ・リューメリンというお針子の女性で、マゾッホより九歳年下の一八四五年生まれ。マゾッホに見染められて結婚、彼は妻の奴隷となる誓約書を交わし、『毛皮を着たヴィーナス』のヒロインと同じ名前ワンダと名乗らせて、小説の現実化を実践したが、十年ほどで離婚した。離婚後、彼女が『日記』を発表している事情は本文のとおり。

＊72 **シドニー＝ガブリエル・コレット**　フランスの女性作家

（一八七三〜一九五四）。二十歳で作家のウィリーと結婚、夫の奨めで小説を書き始め、一九〇〇年から〇三年にかけて、夫の筆名であるウィリー名で自伝的小説『学校のクロディーヌ』以下四冊の〈クロディーヌもの〉を発表、お転婆でレスビアンめいた少女クロディーヌは、当時の若い女性の間で大流行となり、化粧品からファッションまでフランス最初のキャラクター商品が生み出された。一九〇六年に離婚後、ミュージック・ホールの踊り子となり、その舞台裏を小説にする一方、実生活では、女性との同性愛を含む派手な恋愛体験を経、一九一二年、ル・マタン紙社主のアンリ・ド・ジュヴネルと再婚、彼が大貴族の家柄で、上院議員を歴任するなど大物政治家であったことから（パリのサン＝シュルピス寺院の裏には彼の名を冠した通りがあるほどだ）、デスノスは本文でコレットを皮肉っているわけである。ところがちょうどデスノスが本書を執筆している頃、コレットは夫の連れ子で三十歳年下の十七歳のベルトランと恋に落ちていたわけで、その体験が代表作『シェリ』（一九二〇）や『青い麦』（一九二二）に結実したのだから、のちにこの事実を知ったデスノスは多分驚いたに相違ない。この禁断の愛が原因で彼女は一九二四年に夫と離婚、のちに政治学者となるベルトランとも関係を解消、さらに華麗な恋愛遍歴を重ね、一九三五年、六十二歳の時、十七歳年下のモーリス・グドケと再々婚、今度の結婚生活は幸福だったという。奔放で波瀾万丈な恋愛遍歴とともに、生涯に五十篇以上の作品を書き、繊細な感性で男女の愛憎や官能を描く筆は、晩年まで衰えることはなかった。

*73

ピエール・ルイス　フランスの詩人、小説家（一八七〇〜一九二五）。象徴主義詩人であると同時に、古代ギリシアに関する該博な知識をもとに官能と耽美、エロティシズムに彩られた世界を描いた作家として知られる。ジッド、ヴァレリー、ワイルドらに大きな影響を与え、一八九四年、古代ギリシアの女性詩人ビリチスの作として『ビリチスの唄』を発表、古代ギリシア文献の新発掘だと多くの学者がルイスに騙された経緯がある。『アフロディテ』（一八九六）で一躍文名を上げ、『女と人形』（一八九八）、『ポゾール王の冒険』（一九〇一）、短篇集『紅殻絵』（一九〇三）を相次ぎ発表、マラルメから「完璧なフランス語の芸術家」と讃えられ、人気と名声の絶頂期に文壇を去る。以後、彼は死ぬまで、膨大な古書の中で、煙草、酒、麻薬に淫し、生涯通算二千五百人にのぼる女性と交わるなど、伝説的な隠者として知られたが、没後に、四二〇キロにのぼる未発表原稿が発見され、そこから『母親の三人娘』など夥しい量のエロチカ作品やヌード写真が見つけ出された。そこには、詩を神聖なものとして絶対化し、美の化身としての女性を究めるという彼の情熱的な執念が感じられる。

＊74 **カフェ・シラノ**　パリのブランシュ広場に面したカフェで、一九二二年から、シュルレアリスム・グループが頻繁に集まったことで知られる。本書を執筆当時のデスノスも毎日のように訪れていたと思われる。

＊75 **ギョーム・アポリネール**　フランスの詩人、作家（一八八〇～一九一八）。言うまでもなく、わずか三十八年の短い生涯の間、二十世紀初頭にこの詩人の果たした役割は比較を絶して大きい。『アルコール』（一九一三）、『カリグラム』（一九一八）の優れた前衛的詩集をはじめ、『腐ってゆく魔術師』（一九〇九）、『異端教祖株式会社』（一九一〇）、『虐殺された詩人』（一九一六）、『坐せる女』（一九一七）などの傑作小説、美術の分野においても、「ソワレ・ド・パリ」誌上に、当時無名のピカソ、マチス、アンリ・ルソー、ドラン、ブラックなど新時代の芸術の旗手を次々に紹介、そして最晩年には前衛詩劇『ティレシアスの乳房』（一九一七）を上演、後世への精神的遺産となった『新精神（エスプリ・ヌーヴォー）と詩人たち』（一九一七）をヴィユ・コロンビエ座で講演するなど、あらゆる方面から新時代のパイオニアであり続けた。なかでも、本文でデスノスが見事に指摘しているように、エロティシズムの分野における貢献は特筆すべきであり、パリ国立図書館の地獄図書を調べ上げて、協力者と書誌を刊行、さらに《愛の名匠》叢書刊行を監修、序文や綿密な注釈で、サドなど埋もれた作家を世に紹介した功績は多大である。自らも『若きドン・ジュアンの冒険』（一九〇六）、『一万一千本の鞭』（一九〇六）を秘密出版し、特に後者は、デスノスが最高傑作と讃えたとおり、二十世紀エロティシズム文学の金字塔のひとつである。

＊76 **《珍書刊行会》** *Bibliothèque des Curieux*《愛の名匠》叢書の刊行母体。＊34を参照。

君の生命《いのち》の日時計の上を

——後跋に代えて

松本完治

Robert Desnos par
max morise
23・6・23
aussi bien quel homme préoccupé. de l'infini
dans le temps et l'espace n'a pas contruit
cette "érotique" dans le secret de son ame;
quel homme soucieux de poésie, inquiet
des mystères contingents ou éloignés, n'aime
pas à se retirer dans cette retraite spirituelle
ou l'amour est à la fois pur et licencieux
dans l'absolu?

マックス・モリーズによるロベール・デスノス　1923年6月23日
いずれにせよ、時空の無限に心を奪われる人たちのなかで、その魂の秘密の部分で、この《エロティック》な道徳を構築しなかった者があるだろうか。ポエジーが気がかりでならず、遠く隔たった偶然の神秘を求めてやまぬ人たちのなかで、愛が絶対の内部で純粋にして淫蕩でもあるという、一種の魂の隠れ家に引きこもりたいと願わぬ者があるだろうか？

（『エロティシズム』緒言末尾からの引用）

本論を読んでまず舌を巻くのは、ロベール・デスノスの感性の天才的な鋭さである。この論文は、当時のシュルレアリストのパトロン的存在で、蒐集家のジャック・ドゥーセに請われて書かれたわけだが、書いた時期が、一九二三年六月から九月という時代の早さもさることながら、二十三歳になったばかりという作者の若さにも驚くのである。

というのも、エロティシズムという概念は、百年前の当時、デスノスがドゥーセへの手紙で述べているように、未だ誰も整理したことのない未踏のイズムであり、大方の知識人にとっても、ポルノグラフィや艶笑物などを含んだ、いわゆる下半身に関わる欲望のごった煮の状態であったからだ。

それをデスノスは、アポリネールという偉大な先達の影響があったにせよ、天性の嗅覚で、エロティシズムを、古今の文学を素材に、一つの心理学的な探求として概括している。いわば作者自身が自負しているように、本書はエロティック文学の歴史ではなく、その概論を書いたことに成功しているのである。なぜなら、心理学的な探求、すなわちエロティシズムは精神的な領域にしか存在しないという真相が、エロティシズムを語る上で、いかに核心を衝いた切り口であるかを、彼は早くも気づいていたからだ。

彼のこの炯眼は、はるか三十四年後の一九五七年に至って、ようやくジョルジュ・バタイユの『エロティシズム』によって証明されることになる。周知のように、バタイユは次のように述べている。「エロティシズムと単なる性行為とを区別するのは、生殖や子供への配慮につながる自然の目的とは無関係な、一つの心理的な探求である」、「人間のエロティシズムは、内的な生を問題にするという点で、動物の性とは異なっている。エロティシズムは人間の意識において、人間の内側から存在を問うものである」と。

そしてその二年後の一九五九年、エロスをテーマにしたシュルレアリスム国際展への序文で、アンドレ・ブルトンはこう書くのである、「シュルレアリスムにおけるエロティシズムの概念は、およそ〈猥談〉に類する一切のものをはじめから排除する。この種のものは、ジョルジュ・バタイユが指摘しているように、《エロティシズムが抑圧されて、人目をしのぶ気晴らしや、冗談めかしたごまかし、ほのめかしにすりかえられたものを意味する》」と。

これらの発言は、すでにデスノスが本書で繰り返し主張していることとほぼ同様であると、読者はお気づきであろう。曰く「猥褻はエロティシズムに必要なものではない」、「エロティシズムの真の性格は、ポエジーと悲劇に属する」。そしてこの発言を証するかのように、デスノスは、エロティシズムの本質を覆い隠す各時代の作家を容赦なく断罪するのである。ペトロニウス、スエトニウス、ブラントーム、ボッカチオ、ラブレー、アレティーノ、ロンサール、ラ・フォンテーヌ……、艶笑譚めいた作品の、自己規制的なごまかしに対する、確信に満ちた厳しい筆致は、『シュルレアリスム宣言』に先立つこと一年、極めて先駆的で鋭い。そして一方で、『ポルトガル尼僧の手紙』における、深刻で悲愴な愛の苦悩に最大限の賛辞を捧げるくだりは、デスノス自身の強烈な内的モチーフがほとばしって感動的でさえある。

*

そもそもエロティシズムとは何であるか、あえて基本をおさらいしておこう。先ほど私は、エロティシズムとは、動物とは異なる、人間の心理学的探求といった趣旨を紹介したが、その心理とは、必ずしも性的快楽への欲望や想念に限るものではないということだ。たとえば、情熱恋愛において、快楽願望のみで相手の存在を求めているわけではないことからもそれは明らかだろう。澁澤龍彦氏はその辺のところを、次のように述べている。「二つの個体を牽引する力は、生殖本能よりも、性的誘惑よりも、じつはもっと大きな何物かの力であって、それは、失われた一元性をふたたび回復するための、ある解放への意志とでも呼ぶ以外に呼びようがないのではないか」。それをバタイユは、非連続な存在の連続性への回帰というような表現で論じているが、存在の連続性が実現されるのは死であるという観点から、エロティシズムと死の相関を見事に指摘したのは周知のとおりである。性的絶頂時の忘我が、フランス語で〈小さな死〉と表現されるのは言うまでもないとして、この類似を、人間特有の精神的・心理的な次元で換言すれば、たとえば情熱恋愛は、死ぬほどの苦悩を伴ってこそ発生するという逆説が成り立つわけである。

「情熱は苦悩を意味する。情熱は忍従することを意味する。責任ある自由な人格に対する、宿命の優越を意味する。愛の対象よりも、愛そのものを愛すること、情熱をそれ自体として愛することは、苦悩を愛し求めることにほかならない。情熱恋愛とは、われわれを傷つけ、われわれを滅ぼすものを欲望することである」と、ドニ・ド・ルージュモンはその代表作『愛について』で述べている。

一九二〇年代初頭のシュルレアリスム・グループで《最先端を進む騎士》であると同時に、《激しい恋情による急進主義》者であったデスノスが、エロティシズムの裡に潜む、こうした快楽－苦悩の仕組みを感覚的に知悉していたことは疑い得ないだろう。しかしデスノスが傑出していたのは、そうした心理メカニズムを出発点として、先述した澁澤龍彦氏の言う《ある解放への意志》、すなわち本書序文でアニー・ル・ブランが触れた「この世の果てよりもはるかに遠く投射された生への崇高な飛翔」を志向していることにおいて、バタイユの理論の先を進んでいたと言っても、あながち言い過ぎではないだろう。

その辺のところは、先述した国際展の序文で、ブルトンが次のように指摘していることでも頷かれる。「自分自身の意識のなかにひそむ侵犯への根本的な要求を見逃している者は、エロティシズムを扱う資格などまったくないだろう。しかしこの点では、最終的にはバタイユの分析がすこぶる有効であることには変わりはないとしても、すべてが必ずしもバタイユの望んでいるほど暗黒なわけではない。人間の魂のなかにあるエロティシズムの始動装置は、快楽－苦悩という組み合わせだけを完全な融解へと高めることができるような、あの相反するエネルギーの過剰放出を要求するものではおそらくない。ここでは個人の気質とか、様々な宗教や道徳による人格形成を考慮に入れなければならない」。

なるほど個人差による相違については、本書でデスノスが「エロティックとは、個々の学問である」と指摘したとおりであるし、バタイユの理論の正当性は是認し得るとしても、エネルギーの蕩尽＝死への志向性を強調し過ぎるきらいがあるのではないかというわけだ。凡庸な私としては、エロティシズムが現実に生身の人間を相手にしている以上、蕩尽や死を志向することばかりを強調されると、論理的・民俗学的には得心するとしても、何かストンと落ちない、それだけではないはずだというのが本音であり、おのずと形而上的・観念論的一貫性を完遂するなかで、陶酔と死にしか突破口を見出せないバタイユ理論の限界があるのではないか、という思いに捕らわれるのである。

ただバタイユは、その優れた『エロティシズム』序論で、注目すべきことを書いている。二つの個体による情熱恋愛において、「個人の孤立を侵犯する——死に比肩する——ときにだけ、恋人にとって全存在の意味を持つ、あの愛する相手のイメージが現れる。恋人にとって愛する相手とは、世界の透明性だ。〈中略〉それは個人の非連続性がもはや限界づけられない、全き無際限の存在である。それは一言で言えば、恋人の存在からの解放と見なされた存在の連続性である。こうした透明の外観のなかには、一種の不条理もあり、ひどい混淆もある。しかしその不条理、混淆、苦悩を貫いて、一種の奇蹟的な真実が現れるのだ」。

この言葉は、図らずも、本書序文のアニー・ル・ブランの次の指摘に照応してはいないだろうか。「デスノスはすでに長い間、《愛の肉体》の発明に相当するように思えるこの《透明な存在》を盲目的に作り上げていました。そこで常に傷ついた深みにはまりながらも、愛の想念と愛する人とが、限りない変容の力を伴って一緒になっていくのです」。「デスノスの詩はすべてそうですが、〈中略〉それぞれの言葉が、常に再発明される《愛の肉体》に他ならぬこの《透明な存在》の光り輝く壮麗な痕跡を描くのに貢献しているのです」。さらにアルトーの手紙からの引用で「成就しえぬ愛の感情が、世界の根底を掘り崩し、自己という枠組みから人間を無理矢理引きずり出すのであり、〈中略〉この満たされぬ欲望からくる苦痛は、その極限とその繊細な糸に至るまで、愛の想念すべてを掴み取って、空間や時間という絶対性に立ち向かっています」。

つまり、デスノスが詩をもって体現したように、バタイユとアニー・ル・ブランの見解が一致するのは、各々の存在の孤立性（非連続性）を融解させる詩（ポエジー）こそが、エロティシズムにとって最も究極的なファクターであるということだ。しかしバタイユは、せっかく核心に触れながらも、序論の掉尾で、死に比肩し得る、こうした《透明な存在》による奇蹟的な真実の顕現を、具体的な宗教的・神秘的体験に結びつけるのみで、「詩について語ることはできない」として、詩を回避するのである。そして序論の締めくくりとして、ランボーの有名な詩、「また見つかった。／何が。永遠が。／海と溶け合う／太陽が。」を引用し、「詩はエロティシズムの各形態と同じ地点に、無差別なものに、区別された対象の融合に私たちを導いていく」として、海と溶け合う太陽こそが、存在の連続性具現への永遠の真相だと結んで唐突に筆を擱くのである。

このように、人間の奥底に潜むポエジーがエロティシズムにとって決定的に重要であることを知悉しながら、あえてその先を語らぬことは、私が先述したように、論理の枠からはみ出られぬバタイユの限界ではないかと思われるのである。なぜなら、デスノスの生き方と作品は、先述したように、この序論が詩に触れて唐突に終わった地点から、さらに先へ進んでいると思われるからだ。その意味で、アニー・ル・ブランは、バタイユが書けなかった続きを、本書序文で、デスノスを素材に展開したという見方もできるだろう。彼女の序文は、論理的構築物ではなく、詩的散文のように難解でありながらも、深い卓見に満ちている。というのも、デスノスの稀有な天才の秘密を抉るには、そうしたポエジックで比喩に満ちた文章を駆使することが、最も深部へ到達する手法であるからだろう。彼女は、ブルトンやデスノスと同様、論理的構築物に限界があること、つまり論理で武装すればするほど、ナマな生《せい》から遠ざかる誤謬を犯しかねないことを知悉しているからだ。

*

それにしても、有名な睡眠実験が、そのままデスノスのエロティシズムと深く結びついているというアニー・ル・ブランの指摘は至極卓見であろう。ニューヨークにいるデュシャンを見も知らぬデスノスが、睡眠実験の自動記述中に突如ローズ・セラヴィの筆をとったことからも分かるように、彼は一生涯、生来のイノサン（無垢）な資質により、空間と時間、言語と思考とを攪拌させながら、存在の未分化（存在の連続性）の闇の底を通して、エロティシズムの真相を見極めていたに相違ない。加えて、彼のこうした《二重の生》を生きる特異な資質をさらに倍加させるかのように、持ち前の圧倒的な情熱の力、すなわち《物狂おしさ》が、彼をして愛と自由の顕現に肉迫させていたのである。いわばデスノスにとって、エロティシズムこそ、精神の自由と超越へ至る跳躍台であったのだ。

こうしたアニー・ル・ブランの深い洞察は、彼女が現代フランスのサド研究の第一人者であると同時に、アンドレ・ブルトンの謦咳に接した最後のシュルレアリストだったという経歴からも分かるように、サドとシュルレアリスム双方に深く親炙した人物の筆によってしか到達できないものであろう。J・J・ポーヴェール版「サド全集」の序文・監修者という実績を持つ彼女が、二〇一四年、オルセー美術館で「サド、太陽を撃つ者」展を企画・監修したことは記憶に新しいが、その展示コンセプトは、バタイユからというよりも、閨房に哲学を置いた天底のサドと、千里眼で恋情に白熱する天頂のデスノスが伯仲する視座（パースペクティブ）から得られたものであろうと私は考えている。

そもそも、この序文『闇の底から愛が来たれり』（何と穿った素敵なタイトルだろう！）は、二〇一一年に、《ロベール・デスノス友の会》（友の会が組織されているのは、私の知る限り、シュルレアリスト関連でペレとデスノスだけである。両者とも純真で強烈な情熱家であることが愛される理由だろうか）の冊子「ひとで」第三号誌上のために書かれて掲載されたものである。それを二〇一三年、ガリマール社がデスノスの『エロティシズム』をイマジネール叢書として刊行する際、同社の要請で巻頭に序文として冠せられたわけだ。二〇一三年といえば、先述した「サド展」の前年であり、ちょうど展示の準備段階であったことから、展示に併せて、ガリマール社がデスノスの『エロティィシズム』を、社として初めて単行本として刊行した可能性が高く、「サド展」におけるデスノスの視座が重要な核となっていることが窺えよう。

デスノス研究の第一人者、マリー＝クレール・デュマによると、この『エロティィシズム』は、ジャック・ドゥーセの要請で書かれた論文ではあるが、本書訳注1に記載のとおり、当時、服飾デザイナーのドゥーセに芸術アドバイザー兼司書として雇われていたアンドレ・ブルトンの薦めにより、デスノスに要請したのが真相であるらしい。無二の親友ブルトンの推挙であればこそ、デスノスは要請を受け入れたと思われ、文中で「私は」ではなく「私たちは」を使用しているのは、デスノスがグループを代表して書いているとの思いからであろう。当時のグループは、ツァラ一派のダダと袂を分かち、ブルトン、アラゴン、スーポー、エリュアール、ペレ、クレヴェルらが主要メンバーだったことから、デスノスのエロティィシズム観はグループで認知されていたことが窺えると同時に、デスノスこそ、エロティィシズムに最も近しい存在（「デスノスこそは、おそらく、私たちのうちで、シュルレアリスムの神髄に最も近づいた人物だ」『シュルレアリスム宣言』より）として、執筆を事実上デスノスに要請したブルトンの炯眼も察せられるのである。

しかしこの論文は、単行本を予定したものではないだけに、ジャック・ドゥーセが一九二九年に逝去した後も、ジャック・ドゥーセ文学図書室に保管されたまま、長らく一般に知られることはなかった。ようやく単行本として日の目を見たのが、デスノス没後の一九五二年、著名な編集者マルセル・ゼルビブがデスノス未亡人ユキの協力を得て、パリのセルクル・デザール〈Cercle des Arts〉社から、ドゥーセへの手紙を付して、千三百十部限定本として刊行したのが最初である。その後、ガリマール社が、一九七八年にデスノスの著述集『ニュー・ヘブリデス諸島及びその他テクスト一九二二〜一九三〇』に『エロティシズム』を収録、そしてさらに長い年月を経、先述した二〇一三年、本書訳の底本であるガリマール社イマジネール叢書の一冊として、アニー・ル・ブランの序文付きで刊行されたわけである。（このガリマール版には、ドゥーセへの手紙は収録されていないが、本書では、日本の読者のために本論冒頭に挿入したことをお断りしておく）。

＊

すでにご承知のように、澁澤龍彦氏は、一九五二年刊の最初の単行本、セルクル・デザール社版を底本として、直接ユキ夫人の承諾を得、一九五八年一月、書肆ユリイカから小部数で翻訳を発表している。当時の澁澤氏は、その二年前に三島由紀夫の序文を得て、彰考書院から「サド選集」を出したばかりで、これから本格的にサドやエロティシズムを紹介していこうと、フランスの関係書を探索するなかで、デスノスの本書を発見したのであろう。翻訳時期の早さには頭が下がる思いであるが、まだエロティシズムが何たるか混沌としていた時代背景もあり、澁澤氏は本書を、エロティック文学の通史として紹介した節が窺えるのである。というのも、氏は「デスノスの『エロティシズム』は、一応、二十世紀初頭のアポリネールをもって終っているが、前にも書いたように、ここで終らせてしまうのは何としても惜しい気がする」と述べているからだ。

気持は分からぬでもないが、私としては、逆にアポリネールまで書き継いできて十分すぎるほどだと思っている。というのも、本書は、先述したとおり、デスノスという稀有な詩人による透徹したエロティシズム観の表明であるからだ。まず緒言の末尾で、デスノスの強烈な内的モチーフが表われた寸言で心が揺さぶられ、続いて快刀乱麻の如く、並いる艶笑作家たちをバッサリ切り捨て、逆に『ポルトガル尼僧の手紙』、『アドルフ』といったプラトニックな情熱恋愛の苦悩に最高の讃辞を捧げたあげく、サドの宇宙の本質を見事に語るくだりまで読んで、もう十分にエロティシズムに係る明確な見取図が浮かび上がってくるからだ。つまり、サドの出現によって、人類史上、初めて人間のエロティシズムが客観視されたこと、本論が「エロティシズムと死とが楯の両面であることを知悉していた」サドを頂点として、サド以前・以後に整然と区分けされており、そうした観点こそが最も重要であると思われるからだ。

澁澤氏がなぜ通史的興味に比重を置いた読み方をしたのかといえば、もちろん当時の時代背景もあったにせよ、ロベール・デスノスへの興味・関心が薄かったと思わざるを得ない。それを証するように、氏は原文に頻出する〈l'amour〉を〈愛欲〉と訳す決定的な誤謬を犯している。デスノスにとって、〈l'amour〉とは、アニー・ル・ブランが指摘するように、欲望より先に存在し、欲望そのものを超えたものであるからだ。

私が今回、大先達の澁澤訳をあえて転用せずに、自ら訳した最も大きな理由がそこにあるわけだが、もう一つは、訳文の語調にある。かねがね澁澤氏の訳文は、やや戯作調の、一種の〈澁澤節〉とも言える特色が顕著であるが（特に簡潔・澄明なサドの文章の訳文に顕著だが）、本書も例外ではなく、デスノスの引き締まった文章が、原文にない接続詞や修飾語で澁澤流の日本語に置き換えられていることから（多分にその方が通りの良い日本語になるのだが）、私としては、できるだけ原文に忠実に訳すことを心掛けた（同時に澁澤訳の数点に上る誤訳箇所も修正を施したつもりである）。

こう指摘すると、まるで澁澤訳を貶しているようであるが、決して悪訳というものではなく、今回の新訳にあたって、やはり参考になることも多々あったわけで、澁澤氏の学恩を謝したいと思う。訳注についても、大いに参考にさせていただきながら、読者の便宜をさらに図るために情報を加味し、倍増の七十六点の訳注を施した。

ただ一点、訳注52のショワズール＝ムーズ伯爵夫人の項目についてのみ、澁澤氏の訳注を転載させていただいた。というのも、甚だ偶然ではあるが、昭和三十二年の生田耕作宛て澁澤龍彦書簡の複写を、さる筋から入手したところ、何と次のような一文に出くわしたのである。

「今度、ロベール・デスノスの〝エロティシズム〟を翻訳出版することになり、今、註をつくっているのですが、その中にショワズール・ムウズ伯爵夫人Comtesse de Choiseul-Meuseという女流作家の名前が出て来ます。十八世紀の作家で、〝Julie ou j'ai sauvé ma rose〟という小説の作者ですが、二十世紀ラルースにも出ていないし、どういう素姓のひとか、さっぱり分かりません。博学の貴兄が、もしかしたら御存知かもしれないと思って、お教えを乞う次第です。」

このあと、生田氏から返事があったとみえ、次の書簡にこうある。「ショワズール＝ムウズについての御教示、ありがとうございました。ぼくは何にも知らなかったので、貴兄の文章をそっくりそのまま、使わせていただきます。」

というわけで、訳注52の文章は生田耕作氏のものであることが判明したわけだが、その生田氏はどこでそれを調べたのかといえば、まさに本書で触れられている、一九一九年刊のアポリネールらによって編纂された書誌『国立図書館の地獄書庫』（訳注2参照）だったのだ。私も今回の訳出にあたって同書を入手したわけだが、それを調べると、書庫番号63に、『ジュリー、あるいは我れ薔薇を救いぬ』ショワズール＝ムーズ伯爵夫人作と掲げられ、五頁にわたって詳細な解説が付されており、これを生田氏は簡明に要約して、澁澤氏に書き送ったことが分かったのである。このような異端図書を一九五〇年代の日本で生田氏がすでに入手していたことにも驚くが、その訳注文の簡明さも修正の余地がなく、その他関係文献にもショワズール＝ムーズ伯爵夫人に触れたものなど一切見当たらなかったことから、あえて転載をさせていただいた次第である。それにしても、当時の生田・澁澤の関係性も興味深く、生田氏の博学と古書蒐集力には改めて頭の下がる思いである。

＊

以上、訳注等について、くどくどと述べたてたが、いずれにせよ、私があえて本書を世に問うた最大の理由は、ロベール・デスノスの偉大さを伝えたい思いからである。アニー・ル・ブランの序文に、デスノスの素晴らしさが余すところなく書かれているわけだが、何分にもフランス本国のデスノスの愛読者向けに書かれたものであるだけに、デスノスの訳書が乏しい日本の読者にとっては非常に難解であろうと察せられる。

これまで単行本として邦訳されたデスノスの作品は誠に少なく、散文では、本篇の他に『自由か愛か!』(窪田般彌訳)のみ、彼の本質である詩については、わずかに『デスノス詩集』(堀口大學訳)、『おはなしうた』(二宮フサ訳)の二冊に過ぎず(後者の訳本は子供向けに書かれた詩)、あとはアンソロジーに収録された数篇の詩や散文の抄訳のみである。デスノスの詩は、音の組み合わせとリズムの面白さによってはじめて真価が分かるものが多く、翻訳ではその魅力が半減するだけに、それが大きな障壁となっているわけだ。それに加えて、堀口大學の訳詩は、意訳が過ぎるばかりか、七五調のリズムで日本語を無理に整えようとする余り、詩形を改変し、語調、意味、全てにおいて、デスノスの詩ではない、別人の駄文に変化している。このような訳詩では、日本の読者が、デスノスの詩に失望して興味を失いかねず、この一冊(一九七八年、彌生書房刊)が日本のデスノス受容に与えた悪影響は測り知れないものがあるだろう。やはり、声と音の詩人と言われるだけあって、デスノスの詩は翻訳になじまぬ難物なのだ。デスノスが、シュルレアリスム関係詩人のうちで、ブルトン、アルトーと並ぶ最重要人物であるにもかかわらず、日本での評価が低く、紹介が立ち遅れているのは、こうした事情に一因があるだろう。

このため、私は拙著『シュルレアリストのパリ・ガイド』（二〇一八年、エディション・イレーヌ刊）の第三章で「ロベール・デスノス、詩と愛と、そして自由と」と題して、デスノスを比較的詳細に紹介したわけだが、彼の生涯を知りたい向きには、それを参照していただくのが簡便であろう。しかしながら、あいにく同書は残部僅少につき、入手不能になる恐れがあるため、あえて一部重複を承知で、巻末に、彼の生涯を略述しておいた。

アニー・ル・ブランの序文については、特に難解な箇所について、アンスティチュ・フランセ関西（京都日仏会館）講師のラファエル・ラフィットさんに文脈上のご助言をいただいた。ここに篤くお礼を申し上げたい。併せて、この序文の翻訳刊行を快諾いただいたパリに住むアニー・ル・ブランに深く感謝を捧げる次第である。

この序文は、デスノスの読者でなければ難解だと先述したが、デスノスへの深い愛が感じられ、非常にロマンティックでさえある。ポエジックで熱を帯びた文脈は、読者にとって、多少の知識がなくとも、あるいは部分的に正確な意味が分からずとも、何かしら心に訴えてくるものがあるのではなかろうか。これは訳者の弁解ではなくて、論理では伝えられぬ、詩的でリリスムな文章で情意を伝えることが、アニー・ル・ブランの妙手であろうからだ。ただ、デスノスの詩を一度も読んだことのない日本の読者のために、彼の特質が端的に表現された代表的な詩を、あえて次に訳出して、理解の一助としたい。

あまりに君を夢見たせいで

あまりに君を夢見たせいで、君は実在性を失う。

その生きた身体のもとへたどり着き、僕にとって愛おしい声が発せられる、あの唇の上に、まだ口づけをすることができるだろうか?

あまりに君を夢見たせいで、君の影を抱きしめて、僕の胸の上で交わることに慣れたこの両腕は、君の身体の縁に沿って、曲げることができないかもしれない。

そして、何日も何年も、僕に取り憑き、支配してきたものが、現実に姿を現すのを前にしたら、きっと僕の方が影になってしまう。

ああ、感情のバランスよ。

あまりに君を夢見たせいで、僕はきっともう目覚めない。立ったまま眠り、人生や愛のあらゆる様相に身をさらし、そして、君、君だけが今、ただ一人大切なのに、どんな唇や額よりも、君の唇と額には触れられないのかもしれない。

あまりに君を夢見たせいで、あまりに君の幻と、歩き、話し、一緒にいたものだから、僕にはもう、それでも幻の中の幻に、影より百倍も影になるしかなく、君の生命の日時計の上を、軽やかに歩き、これからも歩き回るだろう。

この詩は、詩集『神秘な女へ』の一篇として、一九二六年に書かれ、総合詩集『肉体と幸福』(一九三〇)に収録されたものだ。アニー・ル・ブランが言うように、これは不在の愛を喚起したものではなく、また、アントナン・アルトー曰く、空間や時間と言う絶対性に立ち向かっており、彼の灼けつくような情熱が、ついに現実と非現実の閾(しきい)を解体し、存在の未分化の闇の底から湧き上がるように謳い上げられている。フランス語としても、非常に美しい語調と音とリズムで、まさに絶唱と言ってよいだろう。

文字どおり「肉体と幸福」を投げ出すまでに、何ら障壁を設けず、無防備なまま、すべてを賭けた愛に急進するデスノス。そのイノサンな情熱の究極に、サドと同様、真実と驚異の顕現を見通すデスノス。そうしたデスノスを前にして、アニー・ル・ブランは私たち読者に本質的な問いを投げかけている。「誰か、愛によって押し流され、その測り知れない不足の感情を経験したことはありませんか? それに対して、世界が突如、無限に開くことを感じたことはありませんか? 私たちは夜明けの悪寒とともに始まるものの暗い動きを忘れているのでしょうか？」と。この問いかけに、私たちは、いたく感じ入り、己れの意識の闇を反芻してしまいはしないだろうか？　この問いの情意に心を痺らせる読者にこそ、デスノスの生と、アニー・ル・ブランの真意がただちに了解されるのではないだろうか。なぜなら、「私たちにとって唯一重要なのは、突如、物狂おしさの形象を取ること」なのであり、この心象こそが人間のエロティシズムの核心であるだろうから。

二〇二〇年十月

著者略歴

ロベール・デスノス　Robert Desnos　一九〇〇～四五

一九〇〇年七月四日、パリ中央市場の仲買人を父にパリの下町で生まれる。サン＝ジャックの塔を間近に仰ぐサン＝メリ地区で育ち、後年の詩文に、その界隈の思い出や、塔にまつわる錬金術的嗜好が表われている。当時の下町の中産階級の子弟並みに、息子に商売させることを望む父親の意向で、十三歳の時に市立テュルゴー校という商業学校へ進み、英語、スペイン語の基本を身につけるが、ボードレールやユゴーなど詩や文学を濫読、この頃からすでに無意識下の世界に興味を持ち、夜ごとの自分の夢を記録していたという。

詩作に専念するため、十六歳で父の意に逆らい、学校をやめて家を飛び出し、薬局の店員など様々なアルバイトで自活しながら、詩や文章を新聞や雑誌に投書するなか、一九一九年、公式的な処女詩篇『アルゴ船の勇士たちの化粧』を書き、翌二〇年に発表、続く二一年、ペレを通じてブルトンと知り合う。この間、モロッコへの兵役を果たし、二二年、パリに戻るや、ブルトンらのグループに合流、機関誌「リテラチュール」第四号から詩や夢の記述を発表し始め、二四年六月の最終号（第十三号）まで毎回寄稿した。

この間のデスノスの活躍はめざましく、一九二二年春に書かれた作品『地獄の劫罰あるいはニュー・ヘブリデス諸島』では、眠りにつく前に自分自身に何か話を聞かせ、その続きを夢に見たという過程を描いて特殊な資質を示し、さらにグループで睡眠実験が始まると、卓越した能力を発揮、ニューヨークにいるマルセル・デュシャンを見も知らぬ彼が、実験中にローズ・セラヴィという別人格（女性）による自動記述を行い、詩篇『ローズ・セラヴィ』に結実させ、ブルトンらを驚かせた。「目醒めたままの眠り」を繰り返し、現実と非現実の閾を融解させる彼の《霊媒》的資質は、自動記述にとどまらず、革新的な言語実験にまで展開され、語の組み替えによって慣用表現や品詞の結びつきを混乱させた成果を『焼かれた言語』（二三年）、『オモニーム』（二三年）に表出、まさに《自動記述から思考のなかへと魔法のように滑り込んでくる想像上のものへ向かった絶え間ない言葉の燦めき》を実現させた。一方で、ジャック・ドゥーセの依頼で論文『エロティシズム』（二三年）を書くなど、思想的にも鋭い先駆性を示し、名実ともにシュルレアリスム・グループの《最先端を進む騎士》、《いかなる束縛からも解放された者》として、「シュルレアリスムの神髄に最も近づいた人物」（『シュルレアリスム宣言』）とブルトンから讃えられた。

続いて一九二四年末に創刊された機関誌「シュルレアリスム革命」にも、十一号まで毎回作品を発表、この頃モンパルナスの場末のブロメ通りに住んでいた彼は、ミロやマッソン、レリスらと交友、特にアルトーとは終生の友情で結ばれる。同時に二四年以来、シャンソン歌手のイヴォンヌ・ジョルジュを熱愛（片恋）し、「あまりに君を夢見たせいで」、「もしも君が知っているなら」など七篇の詩から成る『神秘の女へ』（二六年）を発表、他にも長詩「愛なき夜ごとの夜」を書くなど、イヴォンヌは、彼にとって空の中に失われた星、あるいは海の中に落ち、永遠に難破した星、すなわち海の星（ひとで）として描かれる。このイメージに感銘したマン・レイの依頼で、デスノスは自分の詩を翻案した脚本『海星広場』を書き、それがマン・レイによって短篇前衛映画「ひとで（海の星）」（二八年）に結実した。

この間も執筆活動は衰えを知らず、散文『喪には喪を』（二四年）、盟友マッソンによる五点のエッチングを添えた詩『自分が見える』（二六年）、散文『今世紀のある子どもの告白』（二六年）、『自由か愛か！』（二七年）、『亡霊の日記』（二七年）、詩集『暗闇』（二七年）などを次々に発表しつつ、「パリ・ソワール」紙や「ル・ソワール」紙などの大衆紙にも、映画評など様々な文を書き続けた。執筆のみならず、二七年、猥褻出版物の追放を進めるベツレヘム修道院のキャンペーンに抗議して、サン＝シュルピス広場でキリスト教の宗教文書を引き裂くというデモンストレーションを行い、罰金刑を受けた他、二八年にキューバへ渡航、マチャドの独裁政治に抗して、作家アレッホ・カルペンティエールのフランス亡命を実現させている。

一方で、共産党入党を拒否していたデスノスは、ブルトンらから徐々に遠ざかっていたが、一九二九年、ブルトンは第二宣言で、苦渋に満ちた表現ながら、デスノスのジャーナリズム活動と彼の詩の抒情的傾向を批判、これがバタイユやその他人物への批判より最も多くのページを割いていただけに、逆にデスノスの影響度の大きさが感じられるのだが、デスノスはこれに憤激、翌三〇年、自ら「シュルレアリスム第三宣言」を起草、ブルトンを徹底的に批判、兄弟喧嘩を髣髴させる双方の感情的な愛憎を感じさせながらも、運動から決定的に離反した。

これと同時期の三〇年四月、長年恋い焦がれていたイヴォンヌ・ジョルジュが結核のために三十三歳で死去、翌五月、自らのこれまでの詩篇をまとめた総合詩集『肉体と幸福』を刊行、これはイヴォンヌへの告別とブルトンらへの訣別の記念のような出版であった。そして彼のミューズは、藤田嗣治の妻ユキ（本名リュシー・パドゥ）へと移行する。彼女の美しさに強く惹かれ、二人の交情が日増しに密になっていく中、ユキへの想いは『ユキ1930』の詩群となり、三一年には『シラムール』を発表。イヴォンヌが星であったのに対し、ユキはシレーヌ（人魚）として詩に現れ、二つの愛の対象が連続する一つとなるかのように、三一年、ユキは藤田と別れ、デスノスと結婚する。翌三二年、デスノスは、シレーヌのみを歌い上げた愛の詩『ユキのための秘密の本』を書き、自らの手作りで帙装に仕立て上げ、ユキに捧げた。

大恐慌の煽りで経済的に困窮していたデスノスに、ブルトンのかつての片恋の相手リーズ・ドゥアルムが、「ニュースと広告」社の経営者である夫のポールを紹介、彼の依頼で、ラジオ番組制作を担当する。聴覚上の効果によってリスナーに夢と同じイメージを作り出す表現方法を開拓すべく、デスノスは三三年に『ファントマ大哀歌』をアルトー主演、クルト・ワイル作曲、アレッホ・カルペンティエールの音響効果で制作・放送、これが大きな人気を勝ち得る。三八年には『夢の鍵』と題する連続番組を制作、これはリスナーが自分の見た夢を書いて送り、デスノスがこれに解説を加えるという設定で、彼は多数の夢の通信に触れ、無意識下の世界を探る試みを繰り広げた。

折からスペイン内戦を経、ファシズムが台頭する中、三四年にマッソンの挿画で詩集『首なし』を非売品として刊行、アセファルの神話にあるように、頭部すなわち理性を欠いた存在である「首なし」は、ギロチンによって斬首された者たち、つまり抑圧された者たちへの共感を込めた作品である。詩作の一方で彼は、三三年に『キューバの恐怖』と題したパンフレットの起草に助力してマチャド独裁政治を告発、三二年及び三五年にはユキとスペインを訪問、後にフランコ一派に暗殺される共和派の詩人ガルシア・ロルカと親交を結ぶなど、自由と愛を抑圧する者たちへの怒りを鮮明にし、反マチャド、反フランコ、そして反ナチズムへと邁進する。

一九四〇年、ナチ占領下のパリで、反ペタン派の新聞「今日」に協力、四一年には、セリーヌの反ユダヤ主義的パンフレット『苦境』に痛烈な批判を加え、四二年にパリで勃発した大規模なユダヤ人一斉検挙後、抵抗組織「アジール」を支援する。一方で、三〇年代に書かれた詩をまとめた総合詩集『財宝』(四二年)、詩と音楽を絡み合わせた『覚醒状態』(四三年)、隠語によるソネット『アンドロメダとの入浴』(四四年)などの詩集を相次ぎ刊行、占領下のパリで筆を休めることはなかった。

一九四四年二月二十二日、ゲシュタポが逮捕に来るとの事前情報を掴んでいたにもかかわらず、デスノスは寄宿させていた青年を逃し、ユキを守るためにあくまで隠れることをせず、ユキの目前で在宅逮捕される。パリ近郊のコンピエーニュ収容所から、アウシュビッツ、ブッフェンヴァルト、フロセンブール、フレーアへと収容所を転々と引き回され、最後にチェコスロヴァキアのテレジン収容所に運ばれた時、すでにデスノスはチフスに冒され重体であった。

ナチ降伏後の一九四五年六月四日、ドイツ軍の去った収容所に世話係として配属されたチェコ人医学生とフランス語に堪能なその恋人が重体のデスノスを発見、彼らの問いに答えて、デスノスは、抵抗運動のこと、シュルレアリスムのことを熱心に語り、離反以来交渉がなかったにもかかわらず、最愛の友人としてブルトンとエリュアールの名を挙げたという。その後昏睡状態に陥り、八日朝五時に世を去る。遺灰は十月になってようやくフランスに送還され、モンパルナス墓地に葬られた。

収容所内でデスノスは「春」と題した詩を書いており、これがローズ・セラヴィに呼びかけた内容で、最後までデスノスのポエジーは初期と変わらずに言語と夢・無意識の冒険に賭けられていたことが知られている。自由への渇望が凄まじい炎のように駆け巡る彼の詩と生涯は、まさしくシュルレアリスム精神が様々に形を変えて具現化したものであった。

アニー・ル・ブラン　Annie Le Brun　一九四二〜

フランス、レンヌ出身の女性作家、詩人、シュルレアリスト。一九六三年、二十歳の時にアンドレ・ブルトンに出会い、六四年、シュルレアリスムの機関誌「ブレッシュ」第七号に詩を発表してデビュー、六六年、ブルトンの指名により、シュルレアリスムのシンポジウムで〈黒いユーモア〉について語り、その内容をブルトンから賞讃される。六七年、ラドヴァン・イヴシックの導きで、トワイヤン挿画、処女詩集『即座に』を発表、以後六九年の運動消滅までシュルレアリスム運動に参加。

一九七二年から七七年まで、シュルレアリスム運動の主流派に反目し、夫となるラドヴァン・イヴシックやトワイヤンらと「エディション・マントナン」を設立、『アルプス横断』（七二年、イヴシックと共著）、『嵐のリス』（七四年）、『月の環』（七七年）など、多数の詩篇を発表、イデオロギーに支配されぬ〈生きた〉シュルレアリスムの詩精神を継承し続ける。

一九七七年、『すべてを捨てよ』で、フェミニズムを〈全体主義の戯画〉として、ボーヴォワール、デュラス、グザヴィエ・ゴーチェらを激しく批判し話題となった。

一九七八年には、J・J・ポーヴェール版サド全集を監修、長い序文を書き、その序文は別冊となって、八六年、『突如、深淵の塊が、サド』というタイトルで再刊、八九年には『サド、隅から隅まで』を発表、二〇一四年には、サド没後二百年を期したオルセー美術館での大規模な『サド、太陽を撃つ者』展を主宰・監修するなど、サドの第一人者として知られる。

サド以外にも、ロマン派、暗黒小説、ジャリ、レーモン・ルーセルなどを基軸に多数の著作を発表、九一年には、ポンピドゥー・センターで開催された大規模なアンドレ・ブルトン展の回顧姿勢を厳しく批判し、ブルトンの遺志を代弁するかのように、〈生きた思想〉としてのシュルレアリスムを訴えた。

この他、主要な著作として、ポスト構造主義を批判した『換気口』（八八年）、ポエジーや想像力を封殺するネットワーク社会の牢獄化を指弾し、英訳版も出るほど反響を呼んだ『過剰なる現実』（〇〇年）、狂気にまで達する激しい情熱を論じた『物狂おしさ』（〇〇年）、ユゴーの神秘主義を扱った『ヴィクトル・ユゴー、黒い虹』（一二年）、美術論『奇怪な天使、黒いロマンティシズム――ゴヤからエルンストまで』（一三年）などがある。

二〇一五年には、ザグレブ近代美術館で『ラドヴァン・イヴシック――屈せざる森』展を主宰し、彼女の長年の伴侶であり、あらゆる全体主義体制に絶対的不服従を貫いた故・イヴシックを顕揚。一六年には、アンドレ・ブルトン没後五〇年を期して、Galerie LIBRAIRIE6とエディション・イレーヌの招聘により来日、東京での講演会で、個の自由を阻害する、あらゆるものに対する不服従の姿勢を貫く重要性を訴えた。

　最近では、文化の商品化に対する激しい批判を展開した『値がつけられないもの、美、醜さと政治的なもの』（一八年）、造形芸術と詩的感覚を論じた『非客観的な空間、言葉とイメージの間で』（一九年）を発表した他、ジャン＝リュック・ビトンによる伝記『ジャック・リゴー、壮麗なる自殺』（一九年）に序文「誰が誰を殺したか」を寄せている。

　多岐にわたる彼女の著作に共通するベクトルは、夢や想像力を扼殺する事象や体制、あるいは思想に名を借りた理論的構築物の欺瞞を剥ぎ取ることにより、原初の地平を見つめ直すポエジーの顕現に賭けた世界観にあり、現在も世界各地の熱心な読者に大きな影響を与え続けている。

訳者略歴

松《まつ》本《もと》完《かん》治《じ》

一九六二年京都市生まれ。大学在学中から仏文学者・生田耕作氏に師事し、一九八三年に文芸出版エディション・イレーヌを設立。主要著書に『シュルレアリストのパリ・ガイド』の他、アンドレ・ブルトン、ジョイス・マンスール、ジャン・ジュネ、ジャック・リゴー、ラドヴァン・イヴシックなど編・訳書多数。

エロティシズム

発行日　二〇二一年二月八日　初版発行

著者　ロベール・デスノス
訳者　松本完治
発行者　月読杜人
発行所　エディション・イレーヌ　ÉDITIONS IRÈNE
京都市右京区嵯峨広沢御所ノ内町二六－五
第二シャトーウメダ二〇一
〒六一六－八三〇五
電話：〇七五－八六四－三四八八
e-mail: irene@k3.dion.ne.jp
URL: http://www.editions-irene.com

印刷　モリモト印刷（株）
造本設計　佐野裕哉
定価　2,500円＋税

ISBN978-4-9909157-7-3　C0098　¥2500E